KB188196

맨발의 선물

걸어서 행복해져라. 걸어서 건강해져라.
우리의 나날들을 연장시키는,
즉 오래 사는 최선의 방법은 끊임없이,
그리고 목적을 갖고 걷는 것이다.

─ 찰스 디킨즈

맨발의 선물

계족산 황톳길 만든
조웅래의 좋은 생각

여백

● 계족산의 사계

'맨발걷기 성지'가 된 계족산은
에코 힐링의 길, 생명의 길이다.
사진 맨 왼쪽부터 봄, 여름, 가을, 겨울 풍경.

국내 최초, 최장의 계족산 황톳길은
연간 100만 명 이상이 찾는 명소다.
'괴짜' 조웅래 회장은 2006년부터 지금까지
매년 10억씩 들여 이 길을 가꾸고 있다.

참나무와 소나무, 벚나무 숲 터널이

어머니 품속처럼 포근하다.

마라톤으로 '대한민국 한바퀴'
5,228킬로미터를 달리고 있다.
사진은 116일간 사계절 모습들.
오른쪽은 2023년 1월 26일 완주 후
고성 통일전망대에서.

맨발 걷기가 선풍적인 인기를 끌고 있다. 숲길을 맨발로 걷는다는 것은 몸과 마음을 힐링하는 자연치유 효과가 있음이 확실하다. 실제로 맨발로 걷는 것은 운동화를 신었을 때보다 2배 이상 운동효과가 높다고 한다.

조웅래 회장은 이미 20년 전부터 ESG 경영을 실천해온 기업인이다. 계족산을 다니는 분들이 조 회장을 만날 때마다 감사하다고 진심어린 인사를 건네곤 하는데, 우리 곁에 이런 분이 있다는 것은 정말 고마운 일이다.

오한진 | 의학박사·을지대학교병원 교수

조웅래 회장은 오늘도 달린다. 그 도전의 끝은 어디인가? 그의 역동적인 에너지가 부러울 뿐이다. 그는 실패를 두려워하지 않고 항상 새로운 것에 도전한다. 시골 촌놈이 성공했지만 겸손과 나눔이 몸에 배어 있다. 그를 만나면 항상 행복 바이러스에 전염된다. 40년을 함께한 친구지만 나는 그를 존경한다. 이 책은 살아 움직이는 진솔한 이야기이다.

이상훈 | 소설가·PD

첫 인류가 생존하기 위해 진화한 것들 가운데 두 가지가 핵심일 터이다. 바로 달리기와 던지기다. 사냥을 하려면 빠르고 오래 달려야 했고, 돌멩이 같은 것을 멀리 정확하게 던져야 했을 것이다. 올림픽에서 육상과 마라톤, 창던지기 등이 가장 원초적인 경기종목이 아닐까 싶다.

또한 그러한 종목은 문명의 기술이 덜 입혀진 가장 생명력 넘치는 인간적인 경기라고도 할 수 있을 것이다. 그렇다. 맨발로 걷고 달린다는 것은 원초적인 생명력과 인간성을 회복하는 행동이라고 해도 과언이 아니다. 계족산에 거금을 들여가며 자신의 철학을 펼쳐온 저자의 헌신에 경의를 표한다.

정찬주 | 소설가

계족산 다니는 분들 중에는 아픈 분들이 많다. 나는 난소암 말기로 5년 전 수술했고 항암도 했는데 대장, 복막으로 전이돼서 수술, 항암치료를 했고, 다시 폐로 전이된 지 8개월쯤 지났다. 처음엔 생존율이 1프로라고 했다.

3년째 매일 맨발로 걷는다. 흙내음, 숲내음, 물소리와 새소리가 다 좋다. 중요한 건 마음의 평안인 것 같다. 마음의 면역력이다. 계족산의 모든 것들이 나한테는 축복이다.

유튜브 〈몸이 답이다〉 사연 중에서

받은 선물, 나눌 선물

저는 '역발상'을 좋아합니다. 제가 '괴짜왕'라는 말을 자주 듣는데, 사실 좀 엉뚱한 별명이지요.

그런데 사실입니다. 현실에 안주하고 싶다거나 앞이 잘 보이지 않을 때면 과연 '가장 조웅래답게' 사는 게 무엇인가? 이것부터 고민합니다. 그럴 때마다 역발상을 떠올립니다. 순탄한 길보다는 남들이 가지 않은 길, 새로운 길을 가고자 했습니다.

저는 20대에 대기업을 다니다가 30대엔 '700-5425'라는 소리(음악) 서비스 벤처회사를 창업했고, 40대엔 소주회사를 인수하더니 느닷없이 숲길 14.5킬로미터에 황토를 깔았습니다.

그러더니 50대에는 전국적으로 맨발 걷기 붐을 일으켰고, 코로나

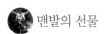

19로 꽉 막혀 있던 60대에는 '대한민국 국토경계 한바퀴 마라톤'에 도전해 116일 동안 5,228킬로미터를 완주했습니다. 참, 예사롭지 않았지요?

불과 얼마 전 일이지만 코로나 팬데믹으로 모두가 지칠 대로 지쳐 있었던 시기였지 않습니까? 저 자신도 무기력해지고, 세상 사람들이 다 힘들어할 때였지요. 60대 중반인 내가 하는데 여러분은 충분히 할 수 있다는 걸 보여주고 싶었습니다. 도전하면 '희망'이 있다는 것을 행동으로 보여준 것이었죠.

저는 소주회사 회장보다도 세상에서 가장 긴 황톳길을 만든 사람으로 더 많이 알려져 있습니다. 산에 흙을 깔기 시작했을 때 다들 저더러 '미쳤다'고 했습니다. 맨발 걷기가 거의 알려지지 않았던 2006년이니 그들 눈에는 제가 미친 짓 하는 사람으로 보였을 것입니다. 계족산 황톳길이 '맨발 걷기의 성지'가 되다 보니까 사람들은 한결같이 이런 질문을 던집니다.

"어떻게 산 위에다 황토를 깔 생각을 했습니까?"

그것은 한마디로 배려에서 출발한 것입니다. '내가 걸어보니 좋더라. 이 좋은 걸 많은 사람들도 할 수 있게 해주자' 하는 마음에서 시작했던 일입니다. 또, 지역에 기반을 둔 기업인으로서 지역사회에 보답해야겠다는 소신이 있었습니다.

흙을 깔고 나서 '마사이마라톤대회'를 하고 '맨발축제'를 해서 사람들이 모이게 하고, 산 위에다 피아노를 올려다 놓고 숲속음악회를 열었습니다. 세이셸 대통령도 와서 맨발로 걷고 나서 너무 좋다고 200년 산다는 세계 희귀종 알다브라코끼리거북 한 쌍을 선물로 보내주었죠.

최악의 기름유출사고가 있었던 태안이 옛 모습을 회복한 걸 알리기 위해 '청포대 해변 맨발축제'를 열었습니다. 2008년 첫해에 3만 명 이상이 참가할 만큼 뜨거웠습니다. 최근 바닷가 맨발 걷기가 붐을 이루고 있습니다만, 이 맨발축제가 그 시초였던 것이지요.

몇 년 하다가 그만둘 줄 알았던 일을 5년, 10년 계속하자 주변에서 저의 진정성을 알아주기 시작했습니다. 조웅래를 신뢰하고 선양을 신뢰하기 시작했던 것이지요. 저는 시민들에게 황톳길을 선물했고, 그분들은 저에게 신뢰를 선물해주었다, 이게 소통이고 상생 아니겠습니까.

이제 명실공히 계족산은 남녀노소, 인종과 국적을 불문하고 누구나 에코 힐링, 자연치유를 경험하는 맨발 걷기의 성지가 되었습니다. 연간 100만 명 이상이 찾아오는 대한민국 명소입니다. 황톳길은 생

맨발의 선물

명의 길이자 희망의 길이 되었습니다.

　이 글을 쓰는 내내 어머님 얼굴이 떠올랐습니다. 저희 부모님은 많이 배우지 못했고 평생 가난에서 벗어나지 못했지만 저는 그 가난 덕분에 강인한 정신을 가질 수 있었지요. 그것만으로도 한없이 감사한 마음입니다.

　끝으로, 저의 무모한 도전을 묵묵히 응원해주는 제 아내와 아들딸에게 사랑하는 마음을 전하고 싶습니다. 부디 이 책의 어느 한 페이지, 혹은 글귀 한 줄이 누군가의 가슴에 작은 불씨로 타오를 수 있다면 더 바랄 것이 없겠습니다.

2024년 가을

목차

PART 3 **맨발로 만난 사람들**

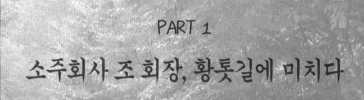

PART 1

소주회사 조 회장, 황톳길에 미치다

축복 속에 보내고 싶다면 아침에 일어나 걸어라.
— 헨리 데이비드 소로

앞 사진 : 늦반딧불이 사는 청정자연, 계족산 황톳길.

1. 나는 길을 내기로 했다

어머니 품속 같은
황톳길

새벽 다섯 시면 눈을 뜬다. 일어나자마자 가장 먼저 찾아가는 곳은 계족산 황톳길. 운전을 할 줄 모르기 때문에 택시를 타고 장동산림욕장 입구에 내리면 집에서 15분쯤 걸린다.

계족산에는 우리나라에서 가장 긴 14.5킬로미터의 황톳길이 있다. 이 길 곳곳에 지난 19년간 내가 흘린 땀과 정성이 스며 있다. 지금은 연간 100만 명이 넘는 사람들이 찾아와 힐링하는 명소로 이름나 있다. 나도 한겨울을 제외하고는 거의 매일 이 길을 맨발로 걷거나 뛴다. 운동하면서 길도 점검하는 것이다.

내 별명 중 하나가 '황톳길 작업반장'이다. 아예 명함에도 그렇게 박아놓았다. 이른 아침에 두 시간 정도 걷고 내려올 때쯤이면 인부들이 황톳길 관리작업을 시작한다. 나는 이미 한 바퀴 돌아보았기 때문에 이들에게 이런저런 잔소리를 하게 되는데, 그래서 자천타천으로 '황톳길 작업반장'이 되었다.

이들은 19년 전 처음 황톳길을 조성할 때부터 나와 함께 일해온 사람들이다. 질 좋은 흙을 구해다 깔고 딱딱하게 굳은 흙의 아래 위를 뒤집어주고 물을 뿌린다. 유실된 곳이 있으면 새 흙을 가져다 메꾸면서 항상 걷기 좋은 길을 만든다.

내가 중요하게 여기는 것은 황토의 촉감이다. 같은 길을 19년 동안 걸었으니 한 번 둘러보면 물을 얼마나 뿌려야 하는지, 어디에 흙을 더 깔아야 되는지 단박에 알아차리는 전문가가 되었다.

짙은 녹음으로 뒤덮인 숲 터널은 꼭 어머니 품속 같다. 이 세상에 어머니의 품처럼 따스하고 포근한 안식처가 어디 있을까? 나에게 황톳길은 그런 곳이다. 어떤 상황에서도 내 편을 들어주는 어머니처럼, 황톳길을 에워싸고 있는 숲은 늘 나를 편안하게 감싸준다.

날마다 오지만 올 때마다 매번 느낌이 다르다. 숲이 품은 빛이 다르고, 공기가 다르고, 자연이 들려주는 소리와 색깔, 황토의 촉감이 다 다르다. 한날이라도 아침과 낮, 오후와 해질녘이 다 다른 모

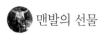

습이다.

　계족산 길은 경사가 거의 없이 완만하고 계단이 하나도 없어서 누구나 걷기에 아주 좋다. 짧지 않은 거리지만 혼자 걸어도 외롭지 않다. 숲속의 모든 것이 다 친구다. 귀여운 다람쥐가 기웃거리다가 재빨리 사라지기도 하고, 나뭇잎과 꽃들이 바람과 함께 만들어내는 수다가 코와 귀를 즐겁게 한다. 청정지역에만 있는 도롱뇽과 늦반딧불이, 오색딱다구리와 소쩍새도 예쁜 친구다.

　이른 아침에 운동하고 나면 기분이 날아갈 것 같다. 스트레스가 사라지고 몸이 가벼워진다. 몸과 마음에 차 있던 찌꺼기를 싹 비우고 나면 그 빈자리에 새 에너지가 차오르는데, 아주 신선한 느낌이다. 나는 이것을 '보약 한 재' 먹었다고 얘기한다. 그러면 그 에너지를 가지고 또 하루를 힘차게 시작하는 것이다.

　그래서 나는 매일같이 이 길을 걸으면서 하루 일과를 계획하고, 그날 있을 회의의 주제를 정리하고, 여러 가지 아이디어를 구상한다. 내게는 황톳길이 헬스장인 동시에 에너지 발전소요 사무실인 셈이다.

하이힐이 맺어준
황톳길과의 인연

19년 전, 내가 황톳길을 만들겠다고 결심하게 된 계기가 있었다. 대구에서 사업을 하고 있던 나는 2004년 선양소주를 인수하고 이듬해 1월 대전으로 이사했다. 대구에서 대부분의 시간을 보낸 나에게 대전은 낯선 도시였다. 더구나 내 가족과 대구에서 함께 일했던 임직원 두 명만 달랑 왔기 때문에 아는 사람도 없었다.

예전부터 나는 마라톤이나 걷기 운동으로 에너지를 충전하는 습관이 몸에 배어 있었다. 이사하고 나서 가장 먼저 찾아본 것은 마라톤을 할 수 있는 장소였다. 대전광역시를 가로지르는 갑천변에는 자전거도로와 산책로가 있어 달리기 장소로 적합했다. 그러나 좀더 색다른 장소를 물색하다가 계족산鷄足山에 있는 임도林道를 알게 되었다.

계족산은 사방으로 퍼져 나간 산세가 '닭 발'을 닮았다 해서 붙여진 이름이라고 한다. 높이 423미터의 계족산 북동쪽에는 삼국시대에 축성된 계족산성이 자리잡고 있는데, 5~7부 능선에 산성을 한 바퀴에워 도는 길이 있었던 거다.

처음 찾아간 순간, 나는 한눈에 반해 버리고 말았다. 산행과 마라톤을 함께할 수 있는 임도는 내게 신세계나 마찬가지였다. 적당한 경

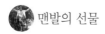

사의 넓은 길과 숲, 그리고 동쪽으로 보이는 대청호가 나를 끌어당겼다. 그날 이후 나는 계족산에 푹 빠져 새벽마다 가서 걷거나 달리기를 즐겼다.

2006년 4월이었다. 고교시절 친구들이 대전에 찾아오겠다는 연락을 받았다. 내가 소주회사를 인수하여 경영한 지 1년 반 정도가 지났으니 친구들도 몹시 궁금했을 터였다.

마산고등학교에 다닐 때 나는 한동안 누나와 함께 자취생활을 한적이 있었다. 내가 살던 산복도로 주변에는 시골서 올라와 유학하던 친구들이 많았다. 그때 함께 어울리던 친구들이 온다는 것이었다.

그냥 시내에서 만나는 것보다 친구들을 계족산에 데리고 가서 대청호의 아름다운 모습도 소개하고, 함께 걸으며 옛 추억에 잠겨보고 싶었다. 이전에도 아는 사람이 찾아오면 도시락을 들고 산에 찾아가곤 했으므로, 이번에도 별 생각 없이 장동산림욕장 입구로 약속장소를 정했다. 하지만 여자친구들에게는 산을 걷는다는 사실이 제대로 전달되지 않은 모양이었다. 두 명이 하이힐을 신고 나타났다.

자갈이 깔린 산길을 걷기엔 무리였지만 일단 걷는 데까지 걸어 보기로 했다. 예상했던 대로 여자들은 얼마 가지 못해 걷기를 포기했다. 나와 친구 한 명이 운동화를 벗어주었다. 두 여자친구는 하이힐을 벗어 손에 들고는 우리가 건넨 운동화 끈을 바짝 조여 맸다.

운동화를 벗어준 나와 친구는 양말 차림으로 산길을 걷기 시작했다. 곧 양말에 구멍이 났고, 나는 거추장스러운 양말을 벗어 던진 채 맨발로 걸었다. 발바닥이 따끔거리기 시작하더니 나중에는 감각이 점점 무뎌졌다. 한 바퀴 돌면 16킬로미터. 그날 나는 대여섯 시간을 맨발로 걸었다.

친구들과 헤어져 집으로 돌아온 나는 끙끙 앓는 소리를 냈다. 다음 날 아침이 걱정될 정도였다. 하지만 시간이 지날수록 몸에서 신기한 현상이 나타나기 시작했다. 발바닥은 화끈거렸지만 머리는 점점 맑아졌다. 몸이 따뜻해지는가 싶더니 시간이 지나면서 온몸이 후끈후끈 달아올랐다. 종아리 근육은 지렁이가 기어가는 듯 불끈거리는 느낌이 들었다.

그날 밤, 정말 오랜만에 깊은 잠에 빠져들었다. 기분 좋은 피로감과 함께 숙면을 취하고 나니 나를 짓누르고 있던 스트레스가 완전히 날아간 듯했다. 지압효과 때문이었을까? 신기하게도 몸이 날아갈 듯 개운했다. 배변도 훨씬 수월했다. 참으로 희한한 경험이었다. 기분 좋은 변화는 며칠간 이어졌다.

이후 나는 새벽마다 계족산을 맨발로 걷거나 뛰기 시작했다. 한바탕 뛰고 출근하면 회의 도중에 깜빡 졸기도 했으나 역시 몸과 마음이 맑아지는 것을 여러 차례 경험했다. 스트레스도 싹 날아가버렸다.

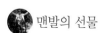 맨발의 선물

계족산은 사계절 내내 환상적이다.
사진은 벚꽃이 내려앉은 봄 풍경.

PART 1
소주회사 조 회장, 황톳길에 미치다

처음엔 양말을 신고 걸었는데 조금만 걸으면 양말에 구멍이 났다. 그래서 운동을 마치고 집에 들어갈 때면 늘 아내에게 잔소리를 들어야 했다. 이후 나는 양말까지 벗어 던졌다.

요즘은 맨발 걷기를 하는 사람들이 많지만 2006년 당시만 해도 거의 알려지지 않았고, 몇몇 사람들의 경험담이 인터넷에 소개되어 있는 정도였다. 그때 나는 직접 느낀 맨발 걷기의 신비로운 경험을 다른 사람들에게도 널리 알리면 좋겠다는 생각이 들었다. 혼자 알고 있기에는 너무 아까웠다. 계족산 황톳길은 그렇게 시작되었다.

술이 나오나, 밥이 나오나?

맨발 걷기의 신비한 효과를 경험한 후, 만나는 사람마다 맨발 걷기를 권했다. 하지만 사람들은 직접 경험하지 않으면 남의 말을 믿지 않는다. 그렇다면 직접 체험하게 하면 어떨까? 마침내 나는 그동안 머릿속에 담아놓았던 구상을 정리하여 회사 임직원들과 상의했다.

내 구상을 이야기하자 뜬금없다는 반응이었다. 처음엔 어리둥절한 표정으로 눈치를 보더니 나중엔 갖가지 반대 의견을 쏟아내기 시작했다. 한마디로 산길을 맨발로 걸을 수 있게 만들면 '술이 나오나,

밥이 나오나?' 하는 뜻이었다.

"돌멩이로 뒤덮인 산길을 누가 맨발로 걷겠어요?"

"비가 오면 흙이 다 쓸려 내려갈 텐데, 그걸 어떻게 감당하시려고요? 길에 쏟아부은 돈이 쓸려 내려가는 겁니다!"

나는 반대를 무릅쓰고 끈질기게 설득했다. 그들을 설득시킨 논리는 지역과의 상생이었다. 또 내가 해보고 좋은 효과를 보았으니 다른 사람들에게도 기회를 주고 싶었다.

큰 비용이 드니까 완강히 반대하던 임직원들도 내 말을 조금씩 수긍하기 시작했다. 지역에 기반을 둔 기업은 어차피 지역사회를 위한 사업에 매년 상당한 금액을 출연하고 있었다. 그 비용을 잘 활용하면 내가 구상하고 있는 프로젝트를 추진할 수 있을 것 같았다.

나를 별난 사람으로 취급하던 그들도 결국 내 의견을 받아들였다. 그러나 임직원들의 부정적인 반응보다 더 큰 문제는 14.5킬로미터나 되는 산길을 어떻게 정비할 것인가 하는 문제였다. 대전시에 임도 사용허가를 받은 후 본격적으로 정비작업에 착수했다.

2. 궁하면 통한다

신발을
벗게 하라

사람들이 맨발로 걷지 않는 이유는 크게 두 가지다. 하나는 발에 상처가 날까봐 꺼려하는 것이고, 다른 하나는 남의 시선을 의식해서다.

그렇다면 맨발길을 어떻게 만들까? 어떤 흙이 맨발 걷기에 가장 좋을까?

제일 먼저 석회암을 곱게 부순 석분[石粉]를 뿌리고 롤러로 평평하게 다져보았다. 석분은 모래알처럼 작기 때문에 롤러로 다지면 아스팔트 도로처럼 매끈해진다. 구하기 쉽고 비용이 저렴한 것도 장점이다. 그런데 막상 맨발로 걸어보니 보기와 달리 발바닥이 따끔거렸다. 평탄화 작업을 해도 시간이 지나면 숨어 있던 돌들이 다시 표면 위로 올라오는 것도 문제였다.

길을 조성하는 한편으로 많은 사람들이 모여 다같이 맨발로 걷고 뛰는 제법 규모를 갖춘 행사를 열기로 했다. 나는 한 번 하겠다고 마음먹으면 서둘러 해치워야 하는 성격이다. 내가 떠올린 아이디어는 맨발로 뛰는 '마사이마라톤대회'였다.

길을 만들면서 동시에 행사까지 준비해야 하는데, 대회까지 남은 시간은 5개월. 시간이 턱없이 부족했다.

점점 부담감이 밀려들었다. 술을 만드는 회사다 보니 홍보나 광고를 하는 데도 보이지 않는 제약이 심했다. 이 때문에 대회 이름부터 각별히 신경을 쓰지 않으면 안 되었다. 그리하여 열게 된 것이 '제1회 에코힐링 선양 마사이마라톤대회'였다.

대회 명칭에는 행사의 의도와 목적이 명확하게 반영되어야 한다. 고민 끝에 떠올린 아이디어가 '에코 힐링(eco-healing)'이었다. 자연(ecology)과 치유(healing)를 합쳐 자연을 통해 몸과 마음을 치유한다는 새로운 개념을 창안했다. 맨발 열풍이 불기 훨씬 전인데도 내가 이미 자연치유 개념을 얘기한 것이었다.

회사에서는 대회를 앞두고 에코 힐링을 주제로 영상을 만들어 '에코 힐링 캠페인'을 전개했다. 내 얼굴을 재미있게 표현한 캐릭터 '에코 맨'이 탄생한 것도 이때였다.

'마사이'란 명칭은 아프리카 케냐와 탄자니아에 사는 마사이족 이름에서 따온 것이다. 초원에서 맨발로 생활하는 그들은 하루 평균 3만 보를 걸어도 피로를 거의 느끼지 않고 건강하다고 알려져 있었고, 당시 국내에서는 신발 밑창이 배처럼 둥그스름한 마사이 워킹 슈즈가 유행하고 있어서 널리 알려진 이름이었다.

시간이 너무 촉박해 2006년 9월 열린 '제1회 에코힐링 선양 마사이마라톤대회'는 결국 석분이 깔린 길에서 진행할 수밖에 없었다. 길상태가 안 좋으니까 맨발이 싫다 하는 사람들에게는 양말을 제공키로 했다.

개막일이 다가오자 직원들의 걱정은 태산 같았다. 사람들이 얼마나 참여할지 심란해했다. 하지만 행사 당일 아침, 걱정은 한순간에 날아가 버렸다. 무려 600여 명의 참가자들이 계족산 입구를 가득 메웠다. 혼자 온 참가자도 있었지만 부부나 연인끼리, 혹은 가족 단위로 참가한 사람들이 많았다. 나는 시각장애인과 파트너가 되어 가이드 끈으로 서로의 손목을 묶고 달렸다.

PART 1

소주회사 조 회장, 황톳길에 미치다

산길을 갈아엎고
황토를 입히다

첫 대회가 성황리에 끝나자마자 나는 곧바로 산길을 덮을 새로운 재료를 찾아 나섰다. 첫 후보로 떠오른 것은 학교 운동장에 많이 쓰이는 '굵은 모래'였다. 굵은 모래(※일본식 표기로는 마사토)는 화강암질의 암석이 풍화되어 잘게 부서진 것으로, 물 빠짐이 좋은 것이 장점이다.

석분을 걷어내고 황토와 굵은 모래를 반반 섞어 시험 구간에 깔아보았다. 맨발로 걸어보니 입자가 굵고 거칠 뿐 아니라 보기에도 좋지 않았다. 물 빠짐이 좋아 비가 와도 쓸려 내려가거나 질척이지 않는 점은 좋았으나 물기가 마르면 색이 하얗게 변색되어 푸른 숲과 어울리지 않았다.

결국 굵은 모래를 다시 걷어냈다. 다음 후보는 '황토'였다. 이번에도 400미터 구간에 깔아 보았다. 그때만 해도 황토의 효능 같은 건 전혀 생각하지 않았다. 단지 맨발로 걸었을 때 발바닥이 아프지 않아야 하고, 숲과 잘 어울렸으면 좋겠다는 생각뿐이었다.

그런데 황토를 깔고 나니 그 길을 바라보는 것만으로도 마음이 편안했다. 가슴이 '뻥' 뚫리는 것 같았다. 시골에서 어린 시절을 보낸 사

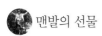

람이라면 누구나 마음 한구석에 황토에 대한 그리움을 간직하고 있을 것이다. 논둑길 따라 달리던 어린 시절, 황토는 아이들의 놀이터이자 장난감이었다.

이제 도시인들은 맨발로 흙을 밟거나 손으로 흙을 빚을 일이 거의 없다. 그래도 어린 시절 몸으로 경험했던 황토에 대한 추억만큼은 잊을 수 없을 것이다. 황토는 자연 그 자체다. 황토는 촉감이 부드럽고, 붉은 색감 또한 우리에게 따뜻한 기운을 불어넣어 준다. 나는 황토가 맨발 걷기에 최적화된 자연재료라는 결론을 내렸다.

그러나 단점도 있었다. 비가 내리자 시험적으로 깔았던 황토가 붉은 실개천이 되어 씻겨 내려갔다. 그러면 밑에 숨어 있던 돌들이 그대로 드러났다. 그 모습을 보니 한숨이 절로 나왔다. 비가 올 때마다 황톳길을 원래 모습대로 복구하는 것은 불가능해 보였다.

작전을 바꾸기로 했다. 길 전체에 황토를 깔 것이 아니라 3분의 1정도만 깔면 비용을 줄이고 관리하기도 수월할 것 같았다. 황톳길의 높이를 조금 돋우면 비가 와도 임도 쪽으로 빗물이 흐르고, 등산이나 산책하러 오는 사람들은 황톳길 대신 옆길을 이용할 수도 있을 것이다.

이윽고 공사가 본격적으로 시작되었다. 처음에는 충남 논산, 태안, 당진에서 실어 날랐으나 굵은 모래 성분이 섞여 있어 약간 거칠었다.

좋은 황토가 있다는 소문을 들으면 나는 즉시 현장으로 달려가 품질을 확인했다.

몇 차례 수소문 끝에 전북 김제와 익산에서 나는 황토가 내가 원하던 흙에 가장 가깝다는 것을 알았다. 김제에서 덤프트럭 100대 분량의 황토를 싣고 와 계족산에 쏟아부었다. 이후 지금까지도 김제와 익산에서 연간 2,000톤의 황토를 가져다 쓰고 있다.

에코 힐링,
희망으로 떠오르다

흙을 제대로 깔고 나니 묵은 체증이 가신 듯 속이 후련했다. 마침내 14.5킬로미터의 산길에 촉감 좋은 레드카펫이 깔렸다. 정말 멋진 작품이 눈앞에 펼쳐졌다. 국내 최장의 황톳길이 만들어졌다는 입소문이 퍼지면서 계족산을 찾는 사람들이 점점 늘어났다.

이듬해, 제2회 에코힐링 마사이마라톤대회는 개최 시기를 당초 예정했던 9월에서 5월로 앞당겼다. 새로 조성한 황톳길을 한시라도 빨리 알려 더 많은 사람들이 직접 체험하도록 해주고 싶었다.

성공적인 대회 개최를 위해 내 아내를 비롯하여 임직원 가족 300여 명이 자원봉사자로 참여했다. 나는 대회를 앞두고 두 달간 매주

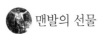

4~5차례씩 달리며 코스를 점검했다. 회사 임원의 부인들도 황토에 섞여 있는 돌을 일일이 손으로 골라내는 정성을 보였다.

대회 전날에는 우리나라에서 처음으로 '숲, 맨발 그리고 에코 힐링'이란 주제로 세미나를 열었다. 리베라호텔에서 열린 세미나에는 각계 전문가들을 초청했다. 숲 전문가인 이준우 충남대 교수, 전차수 경상대 교수와 대전 한의사협회 최장우 회장, 현재 맨발걷기국민운동본부를 운영중인 박동창 회장, 40년 맨발 체험자 장흥배 씨 등이 각자의 경험과 지식을 발표했다. 행사장에 600여 명의 청중이 모이고, 조선일보 만물상에 칼럼이 실릴 만큼 높은 관심을 불러일으켰다.

'환경'을 뜻하는 'ecology'와 '치유'를 뜻하는 'healing'을 결합한 'eco-healing'은 자연 속에서 몸과 마음을 치유하고 행복한 삶을 추구하자는 신개념으로서 2007년부터 도입한 선양의 캠페인 슬로건입니다.

요즘에는 '에코 힐링(eco-healing)'이라는 단어가 일반명사처럼 사용되지만, 이 용어는 우리가 만든 신조어였다. 독창성을 지닌 신조어인 만큼 정식으로 상표권 등록도 마쳤다. 하지만 우리회사는 공익적 목적으로 '에코 힐링'이란 단어를 사용하는 것에 대해 모두 허용하고 있다.

맨발 마라톤에 대한 관심이 높아지면서 2회 대회에는 외국인들까지 신청이 들어왔다. 신청자만 해도 수천 명에 달해 하는 수 없이 참가 인원을 2천 명으로 제한해야 했다. 대회 코스 13킬로미터를 쾌적하게 달릴 수 있는 최대한의 인원을 고려한 결과였다. 마라톤과 함께 다양한 문화행사도 함께 열었다. 클래식 음악회는 물론 사물놀이와 비보이 공연, 한복 패션쇼, 사진전시회 등 축제 분위기를 살릴 이벤트를 요소요소에 넣었다.

이후 마사이마라톤대회는 매년 5월에 열리는 '계족산 황톳길 맨발축제'로 발전했다. 부대행사도 늘려 2007년부터 주말마다 '숲속음악회'를 열기 시작했고, 2011년에는 축제와 함께 '에코힐링 국제설치미술제'를 개최했다. 국내외 작가 32명이 출품한 작품들이 지금도 황톳길 곳곳에 세워져 있다. 맨발로 달리는 것으로 출발한 이벤트가 '에코힐링 문화예술제'로 확대된 것이다.

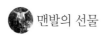

2013년 축제에는 외국인 2천여 명을 포함하여 3만여 명이 참여함으로써 대전광역시의 대표적인 축제로 자리잡았다. 정부 지원금 없이 불과 7년 만에 이루어 낸 성과였다. 2018년 5월에는 14개국 주한 대사, 상무관 및 외교관 가족 40여 명을 초청하여 맨발 걷기 체험 행사를 가졌다.

최근 가장 보람 있었던 것은 2023 세계스카우트 잼버리대회에 참가했던 외국 학생들이 찾아온 일이었다. 폭염과 태풍으로 일정을 변경한 외국 팀들이 전국으로 분산됐는데 브라질과 베트남 대원들이 계족산을 방문했다. 브라질 대원 1,028명, 베트남 대원 295명은 조별로 나눠 오후 2시부터 황톳길을 걸었다.

태풍 뒤끝이라 비가 부슬부슬 내리는데도 난생처음 해보는 맨발 걷기에 흥미로워했다. 아마도 이같은 이색체험이 잼버리 정신이 아닐까? 학생들은 황토가 묻은 발을 든 채로 사진을 찍어 친구와 부모들에게 SNS로 자랑하는데 한결같이 즐거운 표정들이었다. 평일인데도 불구하고 학생들을 위해 '뻔뻔한 클래식' 공연까지 열어 좋은 추억을 안겨주었다. 두 나라 학생들이 비옷을 입은 채로 다같이 노래하고 춤추던 시간은 두고두고 잊지 못할 장면이었다.

2023 세계잼버리대회 브라질 대원들이 계족산에서.

 맨발의 선물

내 에너지의 원천은
가난

무엇이 나를 이토록 황톳길에 미치게 만든 것일까? 주변 사람들은 한 가지 일에 미친 듯이 달려드는 나를 보고는 조그만 체구에 어떻게 그런 저력이 숨어 있는지 궁금해한다. 나에게 그런 힘이 있다면, 그 힘은 어린 시절의 가난에서 비롯되었다고 본다.

나는 사람들에게 궁즉통窮則通, 즉 '궁하면 통한다'는 말을 자주 했다. 궁하다는 것은 곧 빈곤과 갈망의 다른 표현이다. 돌아보면 나는 늘 절박한 심정으로 세상과 부딪쳤고 도전했다.

나는 경남 함안군에서 찢어지게 가난한 집안의 7남매 중 막내로 자랐다. 축구 잘하기로 소문난 동래고 선수였던 셋째형님은 '남들은 우유 먹을 때 나는 수도꼭지를 빨았다'라고 할 만큼 가난했다. 먹을 것조차 귀한 시절에 일곱 번째 아이에게 돌아올 몫은 거의 없었다. 워낙 궁하다 보니 뭔가 새로운 길을 찾지 않을 수 없었다. 고맙게도 운명처럼 주어진 빈곤은 결점이 아니라 힘의 원천이 되어주었다.

부모님은 내 삶에 거의 간섭하지 않았다. 특히 어머니는 학교 문턱에도 가본 적 없는 무학이었기 때문에 어린 아들보다도 아는 게 없다고 여기셨던 것 같다. 어머니는 공부 잘하라는 말을 한 번도 하지 않았고, 친구들하고 싸워도 이기고 들어와야 한다고 하지 않았다. 귀에 못이 박히도록 들었던 말씀은 딱 두 가지였다. '말부터 앞세우지 마라'라는 것과 '단디(제대로) 하거라'란 말씀뿐이었다.

부모님은 울타리 역할만 하고 자식들을 방목하듯 키웠다. 내가 중1 때 아버지가 돌아가셨다. 나는 고삐 풀린 망아지처럼 천방지축으로 자랐다. 아마도 틀에 박힌 삶을 싫어하는 성격은 이런 영향이 아니었을까 싶다.

대입 예비고사(요즘의 수능시험)를 치른 후 잠시 가출한 적이 있었다. 그때만 해도 나는 가족 중 누구도 내게 관심을 갖지 않을 거라고 생각했다. 하나쯤 슬그머니 사라져도 아무런 변화가 없을 줄 알았다. 하지만 그것은 착각이었다.

신은 세상의 모든 이에게 사랑을 베풀 수 없기 때문에 대신 어머니를 보냈다는 말이 있다. 그때는 어머니의 심정을 전혀 헤아리지 못했다. 훗날 사업에 성공했을 때 나는 청소년 가출을 주제로 광고를 만들었다. '가출은 현관문을 열고 나서는 것이 아니라 어머니의 가슴을 찢고 나가는 것'이라는 내용의 광고였다.

어머니의 속이 끓는 줄도 모르고 친구들 집을 전전하다가 집으로 돌아왔다. 참으로 철없던 시절의 방황이었다.

사립대학과 국립대학의 등록금 차이가 워낙 컸기 때문에 경북대

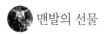

전자공학과에 입학했다. 등록금은 어머니가 돼지를 키워 마련해준 돈으로 해결하고, 생활비를 아끼려 대구에서 자취를 시작했다.

순탄치 않은 대학생활이었다. 혼란한 정국이라 휴교령으로 학교가 문 닫는 일이 잦았는데, 시골과 대구를 오가다가 결국 두 차례나 학사경고를 받았다. 대학생활에서도 별다른 의미를 찾지 못한 나는 곧바로 군에 입대했다.

자기 확신이
최고의 밑천

졸업 후 경북 구미에 있는 삼성반도체통신에 소프트웨어 엔지니어로 입사했다. 당시 월급이 다른 직업에 비해 꽤 많은 편이라서 안정된 직장이었지만 체질에는 맞지 않았다. 나는 수많은 직원 중 한 사람일 뿐이었고, 내 자리를 누가 대체해도 아무런 문제가 없었다. 결국 입사한 지 3년 만에 사직서를 던졌다.

퇴직 후의 상황은 녹록지 않았다. 원격 검침 계량기를 만드는 대구의 중소기업(태원)으로 직장을 옮겼지만 모든 조건이 열악하기 짝이 없었다. 전국에 전화 보급이 급격하게 늘어나자 전화선을 이용해 단 몇 초 만에 원격으로 검침하는 기기를 만들던 회사였다. 옆 사람의 숨소리까지 들릴 정도로 인간으로서 존재감은 확실하게 느낄 수 있는 직장이었다. 살아 있다는 느낌이 들었다. 하지만 틀에 박힌 생활이 싫어 잠시 LG정보통신으로 직장을 옮겼으나 곧 예전의 중소기업(태원)으로 되돌아갔다.

인력이 부족한 중소기업이라서 한 사람이 여러 일을 동시에 맡아했다. 나 역시 개발팀 엔지니어로 입사했지만 자연스럽게 전화국에 출입하면서 영업도 하고 기획 일도 했다.

1990년대 초에는 집집마다 전화기가 보급되던 시기라서 유선망을 통해 여러 가지 정보를 제공할 수 있는 인프라가 갖추어지고 있었다. 전국에 2,000여만 회선이 보급됐으니 집집마다 전화 한 대씩 놓고 살게 되었다. 지금이야 각자 휴대폰 하나씩 들고 다니는 세상이지만 그 당시는 집집마다 전화가 보급됐다는 게 대단한 일이었다.

유선전화가 전국적으로 깔리게 되자 정부는 '700 서비스'를 민간업자들에게 개방했다. 기상예보, 농수산물 시세 등을 자동응답으로 알려주는 통신 서비스를 개방한 것인데, 아이디어만 있으면 누구나 사업에 뛰어들 수 있는 기회의 문이 열린 것이었다. 게다가 사업자가 일일이 정보이용료를 수금하러 다닐 필요도 없었다. 전화국에서 전화요금에 포함해 일괄적으로 받아주므로 더욱 메리트 있는 사업이었다.

나는 '700 서비스'가 비전이 있는 사업이라 생각하고 회사에 사업화를 제안했다. 헌데, 회사의 반응은 시큰둥했다. 회사가 관심을 보이지 않자 문득 '내가 해봐야겠다'는 생각이 들었다. '이건 반드시 된다'는 자기 확신이 있었다. 나는 창업을 결심하고 사직서를 제출했다. 당장 창업자금이 없으니 돈을 빌려야 했다.

은행에서 3천만 원을 대출받아 창업 준비에 들어갔다. 그러나 지나친 과욕이 발목을 잡았다. 빌린 사업자금을 불려보려고 주식에 투자했다가 보름 만에 밑천의 3분의 1을 날려버렸다. 한동안 불면의 밤을 지새웠다.

그러나 낙담하며 시간을 허비할 수는 없었다. 밑천이 중요한 게 아니라 아이디어가 좋으니까 '된다'는 확신이 있었다. 남은 2천만 원을 들고 1992년 '생활정보사'를 창업했다. 그때 나이 서른셋이었다.

미쳐야
이룰 수 있다

사업 아이템은 이미 염두에 두고 있었다. 당시는 요즘처럼 커피숍이나 카페가 없던 다방 전성시대였다. 약속이나 모임도 다방에서, 권투나 축구 경기도 다방에 모여서 보던 시절이었다. 다방이 곧 사회의 중심이었다.

다방에 가면 테이블마다 철제 원형 재떨이가 놓여 있었다. 재떨이 위쪽에 12간지 그림이 빙 둘러 있는데, 자신의 띠가 그려져 있는 구멍에 동전을 넣으면 운세가 적힌 두루마리 쪽지가 나왔다. 사람들은 심심풀이로 100원짜리 동전을 넣고 자신의 운세를 점쳤다. 그 모습을 보고 나는 무릎을 쳤었다. 종이로 보는 운세를 소리로 전해주면 어떨까? 음성으로 듣는 소리 운세, 이건 된다!

이것저것 따질 겨를 없이 당장 일을 시작했다. 전화국에서 24회선을 구입하는 데 청약비 192만 원, 자동응답장비 3대를 구입하는 데 2,400만 원이 들었다. 프로그래밍은 내가 직접 하고, 컴퓨터도 겨우 286 PC 한 대를 빌렸다. 사무실 구할 돈이 없어서 먼저 700 서비스에 진출해 있던 친구네집 아이 방의 침대 밑에 설치했다.

의욕에 찬 출발이었다. 목소리에서 신뢰감을 줘야 하니까 비싼 개런티의 유명 성우들을 발탁해 운세를 녹음했다. 자금이 바닥나 개런티는 수익이 나는 대로 나누어 주기로 했다. 또, 신비로운 분위기를 살리려고 피리·단소 연주를 배경음악으로 은은하게 깔았다.

모든 준비는 끝났다. '700-8484' 운세 서비스를 시작했다. '8484'는 사주팔자를 뜻하는 '팔자 팔자'를 연상케 하는 숫자였다. 대구·경북지역에서 처음으로 음성정보서비스 허가를 받았다. 사업의 승패는

홍보에 달려 있었다. 전화번호를 모른다면 전화를 거는 사람도 없을 것이다.

나는 시내를 누비며 홍보 전단지를 뿌렸다. 처음에는 힘들었지만 '700-8484'가 차차 알려지면서 상황이 바뀌었다. 밤에 전단지를 돌리러 시내에 나가면 술집에서 술 한 잔을 얻어 마시기도 했고, 신기하게 여기는 사람들에게 사인까지 해줬다.

반응은 역시 기대 이상이었다. 당시 전화 3분 한 통화에 붙는 정보 이용료는 300원. 전화국에 수수료 10%를 지불하고 나면 나머지 수익금은 나에게 돌아왔다. 물론 수금은 전화국에서 다 처리해주니 속 썩을 일이 없었다.

사업은 점차 궤도에 올라 2년쯤 지난 후에는 직장에 다닐 때와는 비교할 수 없을 정도의 수익을 올리게 되었다. 700 서비스를 하는 업체 여기저기서 전화 운세 서비스를 달라는 요청이 줄을 이었다.

전화운세 사업을 하면서 얻은 것은 최고의 밑천은 자기 확신이더라 하는 것이었다. 이때 나는 장차 무엇을 하더라도 자기 확신이 있어야 한다는 것을 실감했다. 확신이 있었으니까 미쳐서 날뛸 수 있었고 성공했다.

이때 내가 얻은 좌우명이 불광불급不狂不及, 즉 '미치지 않으면 이룰 수 없다'였다. 살아보니 조금 돌아가고 조금 늦게 가더라도 미쳐서 하면 뜻을 이루더라는 것이다.

　세상사를 보면 무슨 일이든 미쳐 날뛰는 사람을 이길 수 없다. 돌이켜보니 서른셋에 창업한 이후로 미쳐서 한 일들이 여럿인데, 그가운데 제대로 미쳐서 날뛴 대표적인 사례가 바로 계족산 황톳길이었다.

3. 먼저 가면 길이 된다

계족산,
이보다 좋을 수 없다

황톳길 초입엔 경사길이 있다. 소위 등산하다 마주치는 깔딱고개 정도는 아니고 약간 숨가쁘게 걷는 오르막이다. 사람들이 밟아서 오목하게 들어간 흙 계단이 자연스럽게 만들어져 있다.

이미 공기는 숲 향기로 가득하다. 숨이 찰 즈음이면 그늘을 따라 오른쪽 황톳길이 왼쪽으로 휘어진다. 여기서 땀이 날 때쯤 되면 뻔뻔한 클래식이 열리는 야외공연장이 나온다. 그러고 나면 참나무와 소나무, 벚나무 등이 줄지어 서 있는 푸른 숲길로 접어든다.

계족산은 높이가 423미터가 넘는다. 산 동쪽에선 대청호가 내려다 보인다. 그러나 높이에 비해 지형이 완만하다. 특히 산허리를 한 바퀴 휘감아 도는 14.5킬로미터의 황톳길은 남녀노소 누구나 걷기에 좋다.

이곳을 찾는 사람들은 이 산이 선양소주 소유이거나 내 땅이라고 오해하기도 한다. 하지만 황토가 덮여 있는 임도 자체는 국유지이고, 주변 땅의 경우 사유지가 85%를 차지하고 있다. 그런데도 난개발이 되지 않고 자연이 잘 보존되어 있다. 내가 처음 왔을 때 계족산에 푹 빠진 이유가 있었다.

첫째, 접근성이 좋다. 경부고속도로 신탄진 IC에서 자동차로 15분, 대전역에서도 25분 거리다.

둘째, 길을 따라 무성한 숲이 매력적인 청정지역이다. 길을 따라 숲 터널이 이어져 여름에 모자나 선글라스가 필요 없을 정도다. 나뭇잎들이 우산처럼 펼쳐져 있어 빗물로부터 황토의 유실을 막아주는 역할도 한다. 수종은 편백나무 다음으로 피톤치드가 풍부하다는 참나무와 소나무가 군락지가 많다. 깨끗한 환경에서 사는 도롱뇽이 있고, 8월부터 10월까지는 늦반딧불이를 볼 수 있을 정도로 청정 숲이다.

셋째, 노약자나 환자가 장시간 걸어도 무릎에 무리가 가지 않을 정도로 완만하다. 등산이 부담스러운 사람은 트레킹하기에 적당한 코

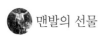

스다.

넷째. 다른 임도보다 꽤 넓다. 대부분 폭이 6미터이고 넓은 곳은 10여 미터가 넘는다. 전국 대부분의 황톳길은 오가는 사람이 서로 부딪칠까봐 한쪽 방향으로 걷는 곳이 많다. 하지만 이곳은 일행끼리 무리지어 얘기하면서 걸을 수 있다.

다섯째, 대청호가 내려다보이는 아름다운 경관을 가지고 있다. 어떤 사진작가는 계족산성에서 내려다보는 대청호를 대한민국에서 가장 아름다운 경치로 꼽기도 한다.

여섯째, 산 아래 군부대가 있어 상업시설이 들어올 수 없어 쾌적하다. 또, 도시의 소음이 전혀 들리지 않는다. 산림욕장 입구에 새로 조성한 주차장 외에는 번잡한 상가가 없다.

입이 마르도록 칭찬해도 모자랄 것이다. 한마디로 계족산은 천혜의 자연을 품고 있다. 자연이 우리에게 준 선물이다.

산 위로
피아노를 올려라

황톳길 입구에서 1킬로미터쯤 올라가면 한 바퀴 순환코스가 시작되기 전에 야외공연장이 있다. 본래 이곳은 아름드리 참나무 숲이 우거진 완만한 경사의 언덕이었다.

나는 이곳을 지날 때마다 '와, 여기는 공연을 하라고 자연이 준 공간이구나' 하는 생각이 번갯불처럼 스치곤 했다. 듬성듬성 놓여 있는 나무 평상 사이에 앉기 좋게 다듬은 자연석을 놓으면 훌륭한 객석이 되지 않을까? 머릿속에 야외공연장 그림이 그려졌다.

사실 마사이마라톤대회를 열면 많은 사람들이 1년에 한 차례만 하는 행사를 마치고 그냥 돌아가는 걸 아쉬워했다. 고민 끝에 한 달에 한 번 가벼운 마음으로 참가할 수 있는 맨발 걷기 행사를 열었다. 그래도 아쉽기는 마찬가지였다. 걷고 나서 그냥 돌아가기가 아쉬워 고안해낸 것이 악기 연주회였다.

2007년 2회 대회를 마치고 나서 숲과 잘 어울리는 실내악 연주회를 열었고, 다음 해에는 국악과 서양음악을 콜라보한 퓨전 앙상블팀을 초청했다. 이탈리아 전통악기인 오카리나 연주자도 불렀다. 하지만 사람들이 퓨전 국악을 낯설어했고, 악기 연주는 10분쯤 들으면 지루한 표정이 역력했다. 문득 나의 역발상逆發想이 또 한 번 빛을 발하는 순간이었다.

"아예 산 위로 피아노를 올리자!"

황톳길을 걷고 나서 자연 속에 머물면서 아름다운 클래식 선율과 함께하면 얼마나 좋을까? 그것도 한 가족 3대가 모두 즐거워하는 공

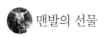

연을 한번 해보자. 이런 아이디어로 탄생한 것이 숲속음악회 '뻔뻔
(Fun Fun)한 클래식'이었다.

과제는 야외무대에서 대중과 함께 호흡할 공연팀을 찾는 일이었
다. 그 무렵 내 강연에 참석했던 성악가 한 분과 인연이 닿았다. 내 고
민을 듣더니 마침 좋은 성악팀이 있다면서 어느 교회에서 공연이 있
으니 한 번 가보라고 권했다. 나는 직원 몇 사람을 보내 공연을 관람
하게 하고 관객들의 반응을 살피도록 했다. 직원들은 공연이 꽤 좋았
고, 관객들의 반응도 대단하다고 했다.

나는 곧바로 성악팀의 팀장을 만나 숲속음악회를 제안했다. 내가
요구한 조건은 4월부터 10월까지 매주 토요일과 일요일마다 공연해
달라는 것이었다. 사실 말도 안 되는 요구였다. 아무리 뛰어난 성악
가라도 레퍼토리가 정해지면 상당 기간 연습해야 한다. 더구나 일주
일에 두 차례씩 7개월간 공연이라니. 팀장은 난감한 표정을 지었다.
여러 우여곡절이 있었지만 성악팀은 나의 진정성을 받아들였다. 진
통 끝에 소프라노 정진옥을 단장으로 하는 오페라단이 탄생했다.

나는 자신있게 제안했다. 브랜드는 내가 만들 자신이 있으니 여러
분들은 노래만 잘해 달라고 했다. 단원들에게 운동화 한 켤레씩을 선
물했다. 하체가 튼튼해야 노래를 잘할 수 있으니 운동 열심히 하라는
의미였다.

산에 온 사람들은 공연을 보러 온 게 아니기 때문에 재미가 없으면 바로 자리를 뜬다. 그래서 한 시간의 공연이 지루하지 않도록 곳곳에 유머와 개그 같은 웃음 코드를 잘 버무려 넣었다. 클래식만 들려주는 게 아니라 다양한 레퍼토리와 유머가 함께한다는 의미에서 공연 명칭도 '뻔뻔(Fun Fun)한 클래식'으로 지었다.

드디어 2012년부터 공연을 시작했다. 레퍼토리는 귀에 익은 오페라 아리아에서부터 가곡, 널리 알려진 트로트에 이르기까지 폭넓게 구성했다. 군데군데 관객이 참여하는 코너, 유머도 집어넣었다.

나는 숲속음악회가 정장을 차려입고 관람하는 공연이 아니라 티셔츠 차림으로 찾아온 사람들을 위한 공연을 만들고 싶었다. 클래식과 뮤지컬, 연극, 개그가 어우러져 한가족 3대가 함께 깔깔거리며 즐기는 공연을 보여주고 싶었다.

관객들의 반응은 기대 이상이었다. 음악회는 곧 입소문을 타고 널리 알려졌다. 오히려 맨발 걷기는 두 번째이고, 공연을 관람하기 위해 찾는 사람들까지 생겨날 정도였다. 나는 강연에 나가면, K-팝이 아무리 유명해도 '뻔뻔한 클래식'처럼 3대가 다함께 즐길 수 있는 공연은 없다고 자랑한다.

해를 거듭할수록 관객이 늘어나 자연석을 가져다가 군데군데 객석을 더 놓기 시작했다. 이렇게 몇 개씩 놓다보니 바위 색깔이 제각

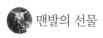

PART 1

소주회사 조 회장, 황톳길에 미치다

각이다. 무대에는 나뭇잎 사이로 햇살이 비쳐서 멋진 자연조명이 내려온다. 이렇게 천혜의 야외공연장이 만들어졌고, '뻔뻔한 클래식'은 계족산의 명물이 되었다.

청정 태안을
맨발로 알리자

태안 기름유출 사고는 지금도 생생하게 기억나는 최악의 환경오염 사고였다. 2007년 12월, 크레인 선박과 유조선이 충돌하면서 원유가 흘러나와 충남 태안 일대 바닷가를 오염시켰다. 흘러나온 원유가 무려 7만9천 배럴, 원상회복에 10년 이상, 최장 100년까지 걸린다고 했다. 그러나 전국 120만 명의 자원봉사자들이 팔을 걷어붙이고 찾아와 힘을 보탠 결과 2년 만에 사고 이전과 비슷한 수준으로 회복시켰다. 전 세계가 깜짝 놀란 기적이었다.

때마침 우리회사에서 보리소주 '맥'을 출시할 무렵이었다. 원재료를 충청지역 내에서 수매하려고 돌아다니다 보니 청포대 보리밭이 눈에 들어왔다. 여기서 나의 '똘끼'가 또 발동했다.

'이 넓은 청포대 해변에서 맨발축제를 하면 좋겠다!'

청정 바다의 부활을 알려서 관광객들이 다시 찾아오는 태안을 만

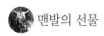
맨발의 선물

들면 좋겠다는 생각이었다. 직원들은 또 싫어했다. 보리를 수매하러 왔다가 웬 맨발축제란 말인가? 하지만 나는 확신을 가지고 밀어붙였다.

2008년 7월 5일, 해수욕장이 본격 개장하기 전에 '해변 맨발축제'를 개최하기로 했다. 축제는 온 가족이 즐길 수 있도록 다양하게 꾸몄다. '에코힐링 선양 샌드비스타 마라톤대회'를 비롯하여 물고기를 잡는 어살 체험, 조개 캐기, 황토 머드 체험, 보디 페인팅 등등을 하고, 행사 끝에 노을음악회를 준비했다.

맨발 마라톤은 청포대해수욕장에서 몽산포해수욕장 사이를 왕복하는 8킬로미터 구간이었다. 청포대는 국내에서 가장 폭이 넓은 500미터 백사장이 있다. 일반적으로 대회 주최측에서 코스맵을 준비하는데, 이때는 '물때 맵'이란 걸 만들었다. 바닷물이 들어오고 나가는 시간을 집어넣은 최초의 해변 마라톤 맵을 선보였던 것이다.

여기에 무려 3만여 명이 운집했다. 예상을 뛰어넘는 어마어마한 인파였다. 가족과 함께 또는 직장별, 각종 동호인들끼리, 예전의 자원봉사자들까지 삼삼오오 전국에서 찾아왔다. 미국, 프랑스, 인도, 일본, 필리핀, 아르헨티나 등 10여 개국 외교사절과 가족들, 외국인들이 500여 명 참가했고, AP와 AFP, 교도통신 등 세계 외신들까지 취재에 나섰다. '기적의 바다를 세계에 알리자'는 이색 행사에 세계의 관심이 쏠렸다.

참가자들은 오후 3시 30분 출발, 맨발로 백사장을 달렸다. 갯바위며 백사장 모래까지 시커멓게 뒤덮었던 기름 때가 말끔하게 사라진 해변을 3만 명이 달리는 광경은 정말 장관이었다. 인간의 위대함과 대한민국의 긍지를 보여주는 감동 드라마였다. 이 행사의 취지가 좋으니까 대통령께서도 참석하겠다 했는데, 당일 부득이 오지는 못했다.

축제의 피날레는 노을음악회. 붉은 노을을 배경으로 무대를 세우고 참가자들이 바다를 바라보며 공연을 볼 수 있도록 준비했다. 음악과 노래가 시원한 바닷바람을 타고 흐르고 참가자들은 석양을 바라보며 추억을 가슴에 담았다. 이날 모인 3만 인파는 청포대해수욕장 개장 이래 가장 많은 일일 방문객이란 진기록을 세웠다.

이 맨발축제는 다음해에도 4만 명 이상이 참가해 성황을 이루면서 태안의 명물 축제가 되었다. 또한 백사장이 황톳길 못지않게 맨발로 걷거나 뛰기에 좋다는 사실이 알려짐으로써 태안은 해변 맨발 걷기의 발상지가 되었다.

태안 맨발축제 중 마라톤대회 출발 광경.

PART 1

소주회사 조 회장, 황톳길에 미치다

대통령님,
구두를 벗으시죠

우리에게 잘 알려지지 않은 세이셸(Seychelles) 공화국과의 재미있는 일화가 있다. 세이셸은 아프리카 대륙의 동쪽 1,600킬로미터 떨어진 인도양에 위치한 인구 9만 명이 안 되는 작은 나라다. 몰디브, 모리셔스와 함께 인도양 3대 휴양지로 손꼽힌다. 세이셸에는 '내셔널지오그래픽'이 세계에서 가장 아름다운 해변으로 선정할 만큼 천혜의 해변이 있다. 축구선수 데이비드 베컴 같은 월드스타들이 찾는 휴양지로서 영국 BBC도 '죽기 전에 가봐야 할 곳' 시리즈 중 12번째 관광명소로 선정한 바 있다.

세이셸과 나와의 인연은 2007년으로 거슬러 올라간다. 2007년 9월, 패트릭 필라이 외무장관이 우리회사를 방문했다. 당시 우리나라는 2012 여수엑스포 유치를 위해 온 힘을 기울일 때였다. 필라이 외무장관은 13개국으로 구성된 남아프리카경제연맹의 사무총장을 맡고 있었다.

나는 마라톤 마니아인 세이셸 주한 명예총영사와의 개인적인 인연을 계기로 그를 접대하게 되었다. 그때 나는 명예총영사에게 필라이 장관을 계족산에 모시고 싶다는 뜻을 전했다.

전날부터 대전에는 비가 내렸다. 다행히 외무장관이 찾은 날에는 거짓말처럼 비가 그쳐 황톳길이 적당한 물기를 머금고 있었다. 30분 정도 촉감이 부드러운 황톳길을 함께 걷고 나니 외무장관의 입에서 탄성이 흘러나왔다.

"릴렉스(relax)!"

통역사를 사이에 두고 그와 잠시 대화를 나누었다. 나는 에코 힐링에 대해 설명했고, 그는 황톳길을 걸으니 몸과 마음이 편안한 느낌이라고 말했다. 이 만남을 인연으로 나도 세이셸을 방문하게 되었다. 정말 멋진 해변을 가진 나라였다. 나는 머무는 동안 열심히 해변을 달렸다.

세이셸 국민들은 젊었을 때 날씬한 체형을 유지하다가 나이가 들수록 비만으로 고생한다고 한다. 그래서 나는 외무장관에게 세이셸에서 국제마라톤대회를 개최하면 어떻겠냐고 제안했다. 놀랍게도 정부는 나의 제안을 흔쾌히 받아들였다.

'소주를 갖다 팔 것도 아니면서 여기서 웬 마라톤?' 직원들은 내키어하지 않았다. 하지만 내가 또 일을 벌였다.

우리회사는 2008년 2월 '제1회 에코힐링 세이셸 국제마라톤대회'를 기획하고 전폭적으로 후원했다. 1회 대회에는 약 350명이 참가해해변을 달렸다. 이듬해에는 사물놀이패와 함께 방문하여 세이셸 민속음악단과 합동공연을 했다. 이후 해마다 마라톤대회에 참가하여 국악과 한식을 소개했다. 한류가 전 세계로 퍼져 나가기 전에 우리가 이미 아프리카에 한류를 전파한 셈이었다.

두 번째 대회가 성공리에 개최된 2009년, 제임스 미셸 대통령이 한국을 방문했다. 공식 일정 중 하나로 황톳길을 들렀다. 9월의 하늘은 푸르렀고 숲은 가을빛이 절정이었다.

나는 대통령에게 구두를 벗어 달라고 정중히 요청했다. 대통령은 약간 당혹스러운 표정을 지었다. '내가 한 나라의 대통령인데 구두를 벗으라니?' 잠시 멈칫하는 것 같더니 이내 구두를 벗었다. 맨발이 된 대통령은 잰걸음으로 2~3미터쯤 뛰어가다 속도를 늦춰 천천히 걸었다. 황토의 촉감이 좋은지 만족스러운 표정을 지으면 말문을 열었다.

"우리는 해변에서 맨발로 걷곤 하는데, 한국에 와서 붉은 길을 맨발로 걸으니 너무 색다른 경험이고 기분이 좋군요."

미셸 대통령의 얼굴에 화색이 돌았다. 야외공연장에서 오카리나 연주까지 감상하고 내려오면서 대통령은 무척 즐거워하며 우리에게 알다브라 코끼리거북(Aldabrachelys gigantea) 한 쌍을 선물하겠다고 약속했다.

이 거북은 알다브라 제도에 서식하는 거대한 몸집의 육지 거북이다. 평균 수명 200년, 최대 몸무게 300kg에 달한다. 알다브라 거북은

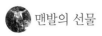

원산지를 제외하면 극히 일부 국가에서만 보유하고 있는데, 이 희귀한 거북이를 우리에게 보내주어 대전동물원에 기증했다. 한 쌍 중에 한 마리는 죽고 현재 한 마리가 대전동물원에서 살고 있다.

세이셸에서는 에코힐링 국제마라톤대회가 다른 축제와 함께 국가 4대 이벤트로 지정될 정도로 인기를 끌었다. 2011년 4회 대회에는 28개국 1천여 명 참가하는 대회로 발전하여 국제마라톤협회와 국제육상경기연맹의 공인대회로 지정됐다.

이후 마라톤대회는 세이셸 정부에 넘겨주었다. 그 사이에 우리나라는 여수엑스포 유치에 성공했고, 우리는 세이셸에 한류를 심어주었다.

세이셸 정부는 관광객을 유치하는 좋은 이벤트를 정례화하게 되었다. 2011년 이후로 대회는 내 손을 떠났다. 하지만 우리가 그들과 맨발로 우정을 함께 나누었던 기쁨은 내 가슴에 남아 있다.

계족산을 맨발로 걷는 세이셸 대통령(왼쪽 세 번째)

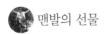
맨발의 선물

4. 머리는 가슴을 이기지 못한다

내가 가장 많이
듣는 소리

황톳길을 걷고 있으면 나를 알아보고 인사를 건네는 사람들이 많다. 언론이나 유튜브로 접한 사람도 있고, 강연을 들은 사람도 있다. 가장 친근하게 다가오는 이들은 거의 날마다 황톳길에서 운동하는 사람들이다. 이미 낯이 익어 나를 볼 때마다 이웃사촌처럼 살갑게 대한다. 이들에게서 가장 많이 듣는 소리가 "길 만들어줘서 고맙습니다" 하는 인사다.

'고맙다'란 인사는 의례적인 공치사가 아니다. 허리를 거의 90도로 숙여 인사하는데 그 목소리와 표정에서 진심이 느껴진다. 사실, 이

길에서 꾸준히 운동하는 사람들 가운데 절반 이상이 몸이 아픈 분들이다. 이들은 무엇이라도 붙잡고 싶은 간절한 심정에서 매일같이 맨발로 걷는다. 그러니 친구와 같은 황톳길이 고맙고, 흙을 깔아주고 있는 내가 고마운 것이다.

나는 사람들을 만나면 남녀노소 가리지 않고 물어본다.

"걸어보니 어때요? 느낌이 어떠세요?"

아이, 어른 할 것 없이 사람들의 대답은 딱 한 가지다.

"좋아요!"

걷는 것도 좋지만 자연이 주는 선물에 한 번 더 감동을 한다. 자연은 일년 사시사철 우리를 기쁘게 한다. 파릇하게 돋아난 새싹과 봄꽃, 푸른 녹음, 붉게 물든 단풍, 소복이 쌓인 눈을 보면 누구나 "아~ 좋다!"를 연발하게 된다. 저절로 터져나오는 사람들의 탄성을 듣고 있으면 나도 흐뭇해지고 보람을 느낀다. 여기저기서 터져나오는 감탄사는 행복한 삶의 마디마디에 넣는 추임새 같다. 이것이 바로 에코 힐링이다, 자연 치유를 몸으로 느끼는 것이다.

또다른 추임새도 있다. 친구들끼리 무리지어 걷다보면 느닷없이 방귀 소리가 터져나온다. 발바닥 혈자리를 눌러주니 뱃속이 편안해지는 신호다. 그러면 한 친구가 웃음을 터뜨리며 소리친다.

"이 소리는 방귀 소리가 아닙니다. 에코 힐링하는 소리입니다!"

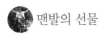
맨발의 선물

그 소리에 일행들은 배꼽을 쥐고 한바탕 웃음을 쏟아낸다.

다들 행복해하는 이 길에는 나의 혼이 담겨 있다. 이 길은 나만의 공간이 아니라 모든 사람에게 열려 있는 공간이다. 누구든지 계족산에 와서 자신만의 공간을 만들 수 있다.

황톳길을 찾아온 사람들이 1분 1초라도 행복한 시간을 누릴 수 있다면 이 또한 나의 행복이다. 그렇게 기쁠 수가 없다.

맨발 걷기의 성지,
계족산 황톳길

"길이 너무 예쁘고, 숲이 참 좋아요!"

사람들이 이구동성으로 하는 말이다. 19년째 다니고 있는 나 역시 "야~ 참 좋다!" 하는 감탄사가 안 나오는 날이 없다. 맑은 날이나 비 오는 날이나 운무가 드리운 날이나 그날그날 분위기가 좋다. 산과 길, 숲과 공기, 모든 것이 조화를 이루고 있는 명품 길이다.

피톤치드 향이 나를 정화시키고, 숲속으로 뻗어 있는 S라인 황톳길이 너무 아름답다. 마치 녹색 회랑에 황금빛 카펫이 깔려 있는 것처럼 보이기도 하고, 푸른 스크린 속으로 붉은 샛강이 흐르는 것 같기도 하다. 어머니의 품속처럼 평화롭고 아늑하다.

황톳길을 둘러싸고 있는 숲은 자연 그대로지만 황토는 전북 김제와 익산에서 가져온다. 세계적으로 유명한 와이키키 해변도 모래가 쓸려나가 호주에서 수입해 온다고 한다.

숲속음악회 '뻔뻔한 클래식'도 밖에서 가져온 것이다. 폭우가 쏟아지지 않는 한 4월부터 10월까지 매주 토·일요일마다 공연한다. 한 가족 3대가 다같이 즐길 수 있는 공연으로 유명해졌다. 그래서 한 번도 오지 않은 사람은 있어도 한 번만 오는 사람은 없다는 말이 있다. 계족산에 연간 100만 명 이상이 다녀가는데 음악회가 보고 싶어서 온다는 사람들도 있을 만큼 인기가 있다.

이곳이 맨발 걷기의 성지가 되기까지는 마사이마라톤대회를 시작으로 해마다 열리는 맨발축제가 한몫을 했다. 맨발축제는 세계 언론에 잇따라 소개될 만큼 히트를 쳤다. 뉴스통신사 AFP는 2008년 5월 맨발축제 소식을 전 세계에 보도했고, 일본 NHK 등도 현장을 스케치한 축제 영상을 주요 뉴스 시간에 내보낸 적이 있다.

대회 10년째를 맞은 2015년에는 대전시 지정 축제이자 최우수 축제로 선정됐다. 최근에는 대전시에서 대규모 주차장을 새로 짓고, 화장실 같은 편의시설을 늘려서 여건이 훨씬 더 좋아졌다.

이제 계족산 황톳길은 전 국민이 모이는 만남의 장소다. 대전은 대한민국 교통망의 한가운데 있는 교통 요지이기 때문에 전국 각지에

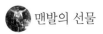 맨발의 선물

서 모이기 좋다. 그래서 여기서 모임을 하는 사람들이 많다. 서울에 사는 사람과 부산이나 목포에 사는 사람들이 대전에서 만나 황톳길을 걸으면서 모임을 겸하는 것이다. 멀리서 관광버스를 타고 오는 동호회들도 많다.

맨발 붐이 일어나면서 다른 지역에도 황톳길이 많이 생겼지만 대부분 1킬로미터가 되지 않는다. 계족산 황톳길은 한국기록원에서 '임도에 조성된 가장 긴 황톳길(14.5킬로미터)'임을 인증했다. 게다가 이렇게 울창한 숲을 가진 길은 유일하다.

재미있는 일은, 매일 운동하는 분들이 황톳길이 자손 대대로 유지될 수 있도록 각서를 써 달라고 할 때다. 농담으로 하는 이야기지만 그런 말을 들으면 가슴이 먹먹하다. 중간에 등을 돌리지 않고 초지일관 걸어온 나의 노력이 결코 헛되지 않았음을 확인하는 순간이기 때문이다. 나는 웃으면서 늘 이렇게 대답한다.

"걱정 마세요. 자식들한테 내가 죽더라도 계속 흙을 깔아라 하고 얘기해두었습니다."

계족산 황톳길은 남녀노소, 인종과 국적을 불문하고 힐링하고 소통하는 공간이다. 특히 최근 들어 전국에 맨발 걷기 열풍이 일어나고 있어서 그 보람이 더욱 크다.

나이가 들면 후손들에게 짐이 되지 않도록 건강하게 여생을 보내는 게 최고의 선물이다. 나는 황톳길이 모든 이에게 건강을 약속하는 최고의 선물로 영원히 남아 있기를 바란다.

병뚜껑 두 개만
가져오세요!

알다시피 계족산에는 입장료가 없다. 성격 좋은 분들은 그 사실을 알고서 이렇게 묻는다.

"왜 입장료를 안 받아요? 당연히 받아야지."

나는 그저 웃고 만다. 애초에 입장료 받으려고 벌인 일이 아니기 때문에 그럴 순 없다. 하지만 1년에 10억씩이나 들어가니까 입장료를 받으라고 하면 나도 농담 삼아 대답한다.

"예~ 입장료 받을 겁니다. 다음에 올 땐 선양소주 병뚜껑 두 개만 가져오세요!"

황톳길을 만든 지 19년이니 그동안 적잖은 돈이 투자되었다. 그러나 원래 소주 한 병 더 팔겠다는 마음에서 시작한 일이 아니었다. 그렇지만 이 길을 걸으며 혜택을 보는 분들이 입장료 얘기를 해서 말품이라도 팔려고 농담처럼 한마디씩 하는 것이다. 그래서 내가 해준 말이 '병뚜껑 두 개'였다.

 맨발의 선물

우리회사는 남들처럼 비싼 돈 주고 인기 있는 여성 연예인을 쓰지 않았다. 톱모델 마케팅은 하지 않았다. 그 대신 '린' 소주병 오른쪽에 내 캐리커처를 넣었다. 계족산 황톳길 초입에 있는 캐리커처다. 동네 할아버지처럼 생긴 모습이 어찌 보면 우스꽝스럽기도 하고 친숙하기도 한데, 과감하게 나를 모델로 썼다. 차라리 그 비용으로 흙 깔고 맨발축제 하고 음악회 하는 데 쓰겠다는 게 내 지론이었다. 그 돈을 고객을 위해 쓰자는 생각이었다. 이러한 것도 굉장한 역발상이다.

인터뷰한 얘기가 뒤에 나오는데, 황톳길에 엄마하고 같이 오는 2살배기 꼬마가 있다. 엄마가 내 캐리커처를 가리키면서 "누구야?" 하면 꼬마는 "아~빠" 한다.

내가 웃으면서 "아빠 아냐~ 할아버지야~" 해도 생글생글 웃으며 "아~빠"라고 해서 모두 한바탕 웃었다. 내 캐리커처가 친근하다는 거 아닐까? 내가 '린' 소주 모델을 해서 소주 잘 팔았고 폭망하지 않았다. 그렇다면 나도 썩 괜찮은 모델 아닌가.

나는 해외를 다녀도 웬만한 출장은 비즈니스석을 이용하지 않는다. 앞에 앉으나 뒤에 앉으나 도착하는 건 다 똑같은데 그럴 필요가 없다. 내가 운동 많이 해서 하체도 튼튼하니까 이코노미에 앉아도 아무 문제 없다.

주위에서 "자기한테는 인색하면서 흙 까는 데는 돈을 아끼지 않는다"라는 소리를 듣는다. 나는 그게 좋다.

배려가
모든 일의 출발점

솔직히, 지역에 기반을 둔 주류업체는 대기업의 공격적인 마케팅으로 현상 유지를 하는 데도 급급한 실정이다. 지역 중소기업이 살아남는 유일한 길은 지역민들의 신뢰를 바탕으로 지역과 상생하는 것이다.

바깥에서 신뢰를 얻으려면 먼저 안에서 신뢰를 얻어야 한다. 산에다 흙을 깔고 에코 힐링을 기치로 내걸었을 때 내부에서는 이구동성으로 반대했었다.

"그 돈 있으면 대학생들에게 소주 한 병 더 공짜로 주고, 점주들에게 선양 로고가 박힌 앞치마 한 장 더 돌리는 게 낫습니다."

그런 말을 들을 땐 나도 힘들었다. 황톳길이 돈 벌어주냐며 냉소적이었다.

리더에 대한 신뢰는 말 한 마디로 만들어지는 것이 아니라 오랜 경험을 통해 굳어진다. 멀리 내다보는 안목으로 진정성을 갖고 노력해야 문이 열린다. 첫술에 배부르지 않듯이 단박에 이루어지는 일도

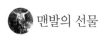

없다.

황톳길과 에코 힐링 같은 공익적 가치를 추구하는 프로그램이 처음엔 환영받지 못했지만 지금은 내부의 신뢰도가 높아졌다. 직원들도 다 좋아한다.

계족산 황톳길의 시발점은 바로 작은 배려였다. 하이힐 신은 친구에게 운동화를 벗어준 것이 배려였고, 내가 맨발로 걸어보니 좋아서 '아, 이 좋은 것을 여러 사람들이 할 수 있게 해야겠다' 마음먹은 것이 배려였다.

전국의 질 좋은 황토를 가져다 깔고 물 뿌리고 뒤집어주는 일, 맨발축제 열고 음악회 하는 것들이 다 사람들을 생각해서 한 일이다. 배려란, 상대의 마음을 헤아리고 그것을 행동으로 옮기는 것이다. 예를 들면, 어머니가 좋아하시는 반찬을 가까이 옮겨 드리는 것 그런 것이 배려다.

창조의 원동력이 배려다. 계족산 황톳길이 바로 배려에서 출발한 대단한 창조물이다. 애초부터 사람들을 배려하는 마음에서 시작했고, 그러다 보니까 에코 힐링이라는 자연치유 개념을 처음 만들게 되었고, 대중들이 이 길을 걸으면서 건강을 찾고 행복해하니까 대단한 창조물이 되었다. 그리고 맨발 걷기 열풍이 불자 여기저기서 우리를 벤치마킹해 전국적으로 800여 곳에 이르는 황톳길이 생겨났고 지금도 계속 늘어나는 추세다.

지금까지 걸어온 길을 되돌아보면 나의 아이디어와 창조, 즐거움의 중심에는 항상 배려가 있었다. 내 생각의 근저에는 대중들이 무엇을 좋아하는지, 그들의 마음이 무언지 읽고 헤아리는 마음가짐이 있었다.

다른 사람의 신뢰를 얻는다는 것은 돈으로 금세 얻을 수 있는 것이 아니다. 황톳길에 매년 10억씩 들어가는데, '소주 몇 병 팔아야 그게 나오나?' 하고 계산기 두드려서는 절대 하지 못하는 일이다. 자기 돈 아깝지 않은 사람이 어디 있겠는가? 하지만 나는 한 번도 그런 마음을 먹지 않았다.

가치 있는 일을 꾸준히 하면 반드시 누군가는 알아주게 되어 있다. 진심은 등을 돌리지 않는다. 그동안 흔들리지 않고 추구해온 가치가 언젠가 고객의 신뢰로 이어지리라 믿었다. 그리고 그 확신은 틀리지 않았다. 그래서 나는 늘 '머리가 가슴 이기지 못한다'고 말한다.

근래의 ESG 경영 사례 가운데 계족산 황톳길은 세계 어디서도 찾아볼 수 없는 특별한 사회공헌 사례로 손꼽힌다. 남녀노소 누구나 와서 사시사철 힐링하고 문화를 즐길 수 있는 공간은 전 세계 어디에 가도 계족산밖에 없다.

5. 술을 사랑한 촌놈, 소주회사를 만나다

뒤집어 보니
새 길이 보이더라

맨발 걷기에 숲속음악회, 맨발축제와 같은 풍성한 문화 콘텐츠가 가미되면서 계족산 황톳길은 전국적인 명소가 됐다. 쇠도 달구어졌을 때 두드려야 한다는 말이 있다. 흙을 깔자마자 사람들을 모이게 한 것이 주효해 맨발 걷기의 명소가 됐고 성지가 됐다.

계족산 황톳길은 문화체육관광부와 한국관광공사가 2년마다 선정하는 '한국인이 꼭 가봐야 할 한국관광 100선'에 5회 연속 뽑혔다. 이는 100선 제도가 시작된 2013-14년 첫해부터 지금까지 10년 연속으로 선정된 것이다.

PART 1
소주회사 조 회장, 황톳길에 미치다

또, '5월에 꼭 가봐야 할 명소'(한국관광공사), '10월에 걷기 좋은 길 BEST4'(월간 산), '여행 전문기자들이 뽑은 다시 찾고 싶은 여행지 33' 등에도 꼭 들어간다.

이 길을 벤치마킹하려는 지방자치단체들의 발길이 끊이지 않는다. 여기저기서 끊임없이 자문을 구하는데, 회사에서는 그동안 축적된 노하우를 바탕으로 성심껏 도와주고 있다.

맨 처음부터 이런 결과를 예상한 사람은 아무도 없었다. 나 역시 이 정도의 명성을 얻으리라 짐작하지 못했다. 어렵게 14.5킬로미터 맨발길을 만들었으니 더 많은 사람들이 올 수 있도록 하는 방법이 무엇일까를 고민했었다. 그래서 산속에서 마사이마라톤대회를 하고, 산 위로 피아노를 갖다 놓고 공연하는 역발상으로 즐거움을 가미하고 문화의 옷을 입혔던 것이다.

만약 황톳길에 이같은 스토리텔링을 만들지 않았다면 흐지부지 사람들 관심 밖으로 밀려났을지도 모를 일이다. '역발상에 길이 있다'라는 나의 철학이 빛을 본 결과였다.

내 인생 자체를 한마디로 요약한다면 역발상의 연속이었다. 흔히 블루오션이다, 역발상이다 하지만 나는 이를 몸으로 부딪치면서 터득했다. 젊은 시절, 나는 도전을 선택했는데, 중요한 것은 돈이 아니라 살아 있다는 느낌, '존재감'이었다.

첫 번째 사업으로 시작한, 종이로 보는 운세에서 음성으로 듣는 운세로 바꿔보자는 것이 바로 역발상이었다. 그런데 그다음엔 고배를 들었다. '700-8484' 운세 서비스가 크게 히트쳤으나 뒤이어 자동응답기(ARS) 사업에 뛰어들어서는 실패했다. 첫 번째 좌절이었다. 직원 여덟 명을 데리고 1년 6개월 만에 국내 최초로 ARS보드(음성처리시스템보드)를 개발하고 1995년 12월 본격 시판에 들어갔는데 실패하고 말았다. 제품이 시판되자마자 굴지의 S사, L사 등에서 외국 부품을 수입했기 때문이었다.

많은 자금을 투입한 사업이었지만 결국 두 손을 들 수밖에 없었다. 그러한 블루오션을 발견한 건 나 혼자만이 아니었다. 결국 나는 실패를 통해 뼈저린 교훈 하나를 배웠다. 무엇을 하더라도 돈 많고 덩치 큰 기업이 금방 따라올 수 없는 일을 해야 한다는 것, 또 무슨 사업을 하든 간에 디테일을 더해 완성도를 높여야 한다는 점이었다.

"아직도
카드 쓰니?"

휴대폰이 나오기 전, 1990년대에 '삐삐' 시대가 있었다. 정식 명칭은 무선호출기(beeper)인데, '삐삐'거리는 호출 소리를 사람들이 그대로 제품 이름으로 불렀다. 내가 상대방의 삐삐 번호로 전화한 다음 내 전화번호를 입력하면, 상대방이 삐삐 액정에 나타난 내 전화번호로 전화를 걸게 하는 호출 서비스였다.

1997년은 삐삐 전성기였다. 가입자가 1,500만 명을 돌파했고 우리나라가 전 세계에서 보급률이 가장 높았다. 당시 직장인들은 누구나 허리춤에 삐삐를 차고 다녔는데, 사람들이 모이는 곳이라면 어디서든 호출음이 그치지 않았다.

그러자 색다른 서비스를 원하는 소비자들의 요구가 늘어났다. 그때 내가 생각한 것이, 호출하면 나오는 의례적인 안내멘트 대신 음악을 들려줘서 내 마음을 전달하면 어떨까 하는 아이디어였다. 요즘으로 치면 컬러링 서비스와 비슷한 것이었다.

지금은 자취를 감추고 말았지만 연말이 되면 크리스마스 카드나 연하장을 우편으로 주고받을 때였다. 1998년 연말에 과감하게 첫 TV 광고를 내보냈다. 더 이상 크리스마스 카드를 보내지 말고 700-5425에 전화해 캐롤송을 고른 다음, 거기에다 삐삐 인사말을 녹음해 보내라는 내용이었다.

그때 광고 카피가 "아직도 카드 쓰니?"였다. 이 카피가 고객들 마음을 사로잡았다. 아무 감성도 들어 있지 않은 인쇄된 카드를 보내느니 내 마음을 전하는 게 훨씬 낫다는 소비자들 심리를 정확하게 꿰뚫

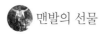
맨발의 선물

었던 것이다. 예상대로 음악을 실어 보내는 크리스마스 카드가 대박을 쳤다.

헌데, 대박은 잠깐이었고, 곧바로 시티폰이 나오고 뒤이어 휴대폰이 보급되면서 삐삐가 퇴출되는 바람에 사업을 접어야 했다. 다시 한번 실패의 쓴잔을 마시는 순간이었다. 내 생애의 두 번째 실패였다.

지금도 기억하는
700-5425

시티폰이 무선통신시대의 문을 열었으나 불편한 점이 많았다. 이어서 휴대폰이 혜성처럼 등장했다. 사람들이 무선전화기를 들고 다니면서 통화한다는 것은 획기적인 사건이었다.

첫 번째 휴대폰은 모토로라 제품이었다. 모양이 벽돌 같아서 일명 '벽돌폰'이라고 불렸는데, 워낙 고가 제품이라서 이 '벽돌'을 과시용으로 들고 다니는 사람들까지 있었다. 뒤를 이어서 작고 성능 좋은 휴대폰들이 속속 출시됐다.

나는 새롭게 부상하는 휴대폰 쪽으로 관심을 돌렸다. 다시 한번 발상의 전환이 필요한 시점이었다.

휴대폰에서도 음악을 들려줘서 사람의 마음을 사보자! 700-5425

에서 선곡한 다음 상대 전화번호를 입력해두면 5425에서 전화를 걸어주고 그 음악을 들려주는 방식이었다. 또, 음악을 고르고 목소리를 녹음해두면 그 노래에 음성을 믹스해서 같이 들려줄 수도 있었다.

벨소리가 울려서 전화를 받아보니 사랑 고백이 흘러나온다든지, 생일을 축하받는다든지, 첫눈 오는 날 "야~ 눈 온다!" 하고 음악에 음성을 실어보내는 상품을 내놓았다.

당시에 히트쳤던 유명한 광고카피가 "보여줄 수는 없지만 들려줄 순 있습니다!"였다. TV 광고 마지막에 이 카피가 흘러나오는데 지금도 이 광고를 기억하는 분들이 많다.

요즘처럼 SNS나 카톡 같은 게 없던 시절이라 사람과 사람 사이의 관계망이 없었다. 사람과 사람 사이를 음악으로 연결해주자는 아이디어가 적중했던 것이다. 그때 사람과 사람을 이어준다는 의미로 "사람과 사람 사이"라는 슬로건을 만들었고, 상표등록까지 했다. 지금 선양소주도 이것을 슬로건으로 쓰고 있다.

그런데 사실 '5425'는 좋은 번호가 아니었다. 한두 번 듣고 바로 기억할 수 있는 번호가 아니기 때문이었다. 이 번호를 고를 수밖에 없던 이유는 음악서비스 선발주자들이 이미 좋은 번호들을 다 가져갔기 때문이었다. 700 서비스 중에 음악 서비스는 5000번 대의 번호였는데, 5555나 5511 같은 번호는 다 가져가 남아 있지 않았다. 뒤늦게 뛰어든 후발업체라서 남은 번호 중에서 골라야 했다. 그래서 5425 번호를 선택했다.

내가 이 번호를 고른 이유가 있었다. 이 번호의 숫자들은 밑에 받침이 없어서 '오사이오' 발음이 부드럽게 이어지고, 5-42-5가 "사람과 사람 사이"라는 슬로건과 유사하다는 특징이 있었다. 그리고 그때 유행하던 노래방 기기가 '아싸'여서 5425 전화번호 밑에 '아싸이오'라고 써서 홍보하면 인지도를 올릴 수 있겠다는 판단에서 골랐다.

그럼에도 전화번호에 늘 아쉬움이 있었다. 700 서비스는 번호가 생명이기 때문이었다. 그후 전국적으로 TV, 라디오 광고를 하게 되면서 고객들이 우리 전화번호를 외우기 쉽게 할 방법이 무엇일까 고민하다가 숫자애 음을 넣어보자는 아이디어가 떠올랐다.

그래서 만든 것이 '5~4~25'라는 징글이었고, 광고 끝에 징글을 반복적으로 들려주었더니 많은 사람들이 우리 번호를 기억하기 시작했다. 심지어 동네 놀이터에서 노는 꼬마들까지도 이게 무슨 뜻인지도 모른 채 '5~4~25' 하면서 뛰어다닐 정도로 유명해졌다.

지금도 강연에 가서 '그 5~4~25를 만든 사람이 나'라고 하면 중장년층 청중들은 '아하' 하고 옛날 친구를 만난 것처럼 반가워하며 박수를 친다.

IMF 시기인데도 엄청나게 광고했다. 당시는 TV 영향력이 크던 시절이라서 소비자 인지율이 98%까지 올라갔고, 6천 개가 넘는 700 서비스 중에서 부동의 1위를 차지했다. 이렇게 휴대폰으로 음악을 선물하는 '700-5425 서비스'는 폭발적인 인기를 끌었다.

또다시 좌초,
새로운 길을 찾아서

사람들은 5425의 성공 비결을 마케팅과 광고에서 찾는다. 물론 그 영향도 있지만 결정적인 성공 비결은 월등한 음질과 타의 추종을 불허하는 신속한 음원 서비스였다.

서비스의 생명은 막 떠오르는 신곡을 누가 가장 먼저 서비스하느냐였다. 그래서 우리는 모든 라디오와 TV 채널의 음악방송을 모니터링하면서 한시라도 빨리 공급하려고 애를 썼다. 처음에는 여러 사람이 방송을 직접 모니터링했지만 나중에는 별도의 프로그램을 만들어 활용했다.

인기 드라마 삽입곡은 가장 뜨거운 아이템이었다. 우리는 드라마 삽입곡을 모두 녹음해 드라마가 끝나자마자 바로 서비스했다. 지금은 저작권 때문에 어림없는 일이지만 1990년대 말까지는 별 문제 없이 통용되던 방법이었다.

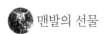 맨발의 선물

또다른 성공 요인은 월등한 음질이었다. 음원은 아날로그 형태의 자료를 디지털화하는 디지타이징(digitizing) 과정을 거쳐야 한다. 이 과정에서 음질이 판가름난다.

보통 스피커의 출력은 30와트 정도인데 전화기 출력은 3와트에 불과했다. CD나 카세트 테이프와 달리 전화로 듣는 음악이니까 음질이 중요했다. 이 문제를 해결하는 방법은 하나였다. 떨어진 음질을 스피커 수준으로 올리려면 전화를 걸어 음악을 들어보고 계속 수정하는 방법밖에 없었다. 며칠씩 밤을 새워가며 수정해 원하는 음질을 찾아냈다. 이 작업을 얼마나 반복했던지 나중에는 수화기를 대고 있던 한쪽 귀가 먹먹할 정도였다.

또 다른 문제는 전화기 모델마다 특성이 조금씩 다르다는 점이었다. 모델마다 소리를 출력하는 방식에 차이가 있었다. 나는 최적화된 소리를 찾기 위해 시중에 나와 있는 모든 전화기를 구입해 뜯고 조립하기를 반복했다.

음악을 업로드할 때도 지속적으로 음질을 체크했다. 여러 대의 장비를 계속 체크해야 하기 때문에 엄청난 속도로 전화기 버튼을 눌러대야 했다. 새 전화기도 얼마 못 가 버튼에 새겨진 숫자가 지워질 정도였다. 이런 시행착오 끝에 얻어낸 음질은 어떤 경쟁사도 넘볼 수 없을 정도로 뛰어났다.

작은 것들이 모여서 큰 것이 된다는 이치는 여기서도 유효했다. 디테일에 최선을 다하니 고객이 만족하는 상품이 되었다.

사업은 날개를 달았으나 또다른 난관이 우리를 기다리고 있었다. 본래 IT업계의 생태계가 일반 제조업과 비교할 수 없을 만큼 빠르게 변화하고, 정부 정책의 변화에도 매우 민감했다. 불길한 예상은 맞는 경우가 많다. 5425 서비스는 오래가지 못했다.

IT환경 변화와 정부 정책이 걸림돌이었다. 무선 인터넷이 막 태동하던 2000년대 초, 정부는 무선망 개방을 추진하고 있었다. 휴대폰으로 각종 서비스에 접속할 수 있도록 하겠다는 것이었다. 그렇게만 된다면 나는 '5425'라는 큰 백화점을 지어 놓은 상태라서 여기에 입점할 업체만 고르면 만사 오케이였다.

헌데, 무선망 개방은 지연되고, 엎친 데 덮친 격으로 지능망 서비스가 도입되면서 '060 서비스'가 출범했다. 당초 나는 무선 인터넷망을 기반으로 하는 콘텐츠 사업을 확대하려고 했는데 망 개방이 늦어지니 위기를 맞았다. 더구나 기존 전화번호 700 앞에 060을 추가해야 서비스가 가능했기 때문에 기존 번호를 홍보하느라 엄청난 비용을 쏟아부은 나로서는 큰 부담이었다. 그러나 정부를 원망할 수도 없었다. 그것이 IT 분야의 추세이자 운명이었다.

IT 분야의 급격한 변화는 내 삶을 뜻하지 않은 방향으로 돌려버렸

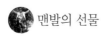

다. 아무리 기발한 아이디어라도 의도하지 않은 상황 변화에 적응하지 못하면 망하고 만다.

5425가 상한가를 치고 있을 무렵, IT 벤처 붐이 일었었다. 사업계획서 하나만 잘 써도 자산가치의 100배가 넘는 프리미엄을 붙여 코스닥에 상장할 수 있던 시절이었다. 많은 사람들은 내게 코스닥에 상장하라고 권유했다. 그랬다면 아마 수천억 원을 손에 쥐었을 것이다. 하지만 나는 거절했다. 돌이켜 생각하면 그때 상장했더라면 내 인생은 돈에 취해 형편없이 망가졌을지도 모른다.

나는 안락한 소멸보다 새로운 도전을 선택했다. 모든 것은 때가 있는 법이다. 달도 차면 이지러지는 법 아니던가.

종이에서 소리로, 소리에서 맛으로

'5425'는 아직 잘나가고 있었지만 나는 새로운 길을 찾았다. 시대가 변화하더라도 지속가능한 사업을 하고 싶었다. 그런 고민을 하고 있을 즈음 가까운 친구들과 베트남 여행을 떠났다. 여행 중 한 친구로부터 선양소주(당시 회사명은 선양주조)가 새 주인을 찾고 있다는 소식을 알게 되었다.

친구는 선양소주를 인수할 생각이 없느냐고 넌지시 물어왔다. 한 번 생각해보겠다고 건성으로 대답한 후 여행에서 돌아와 깊은 고민에 빠졌다.

선양소주는 1973년 충청도 일원에 흩어져 있던 33개 소주회사가 모여 만든 '금관주조주식회사'를 모태로 하는 회사였다. 1개 도에 1개 주류회사만 허용하는 정부 방침에 따른 것이었다.

소주회사는 보수적인 제조업이다. 전자공학을 전공하고 IT업종에서 성장해온 나로서는 주류제조업이 생소한 분야였다. 고민은 점점 깊어만 갔다.

ARS 자동응답기를 개발해 첫 번째 실패를 했을 때 나는 제품의 완성도와 경쟁력에 대한 교훈을 얻었다. 소주 산업은 오래 숙성된 원액을 많이 보유하는 것이 곧 경쟁력이란 것에 주목했다. 선양은 이미 적지 않은 원액을 보유하고 있었고 훌륭한 증류 제조설비가 있었다. 이것을 이용해 쌀과 보리를 증류시킨 원액을 생산, 숙성시키면 향후 10년, 30년 뒤에도 든든한 발판이 되고 경쟁력의 원천이 될 것으로 보였다.

그동안 내가 벌였던 일들이 주마등처럼 스쳐 지나갔다. 종이에 적힌 운세를 소리로 듣게 하고, 음악을 들려줘 사람의 마음을 사는 사업을 했었다. 만약 내가 소주회사를 인수한다면 소리에서 맛으로 옮겨가는 것이었다.

　나의 상대는 늘 사람이었다. 나는 소리로 대중의 마음에 다가가 성공한 경험이 있었다. 술 역시 대중의 마음에 다가가는 것 아닌가? 그렇다면 소리나 술이나 사람의 마음을 연결해주는 본질은 같은 거 아닌가? 이런 생각이 드는 순간 자신감이 생겼다. 좋은 제품을 생산한다면 마케팅과 홍보는 나의 특기 중 하나였다.

　오랜 고민 끝에 나는 지금까지 걸어보지 않았던 길을 가기로 결심했다. 그동안 번 돈을 회사를 인수하는 데 털어넣자 주변에서는 모두 미쳤다고 수군거렸다. 대전에 아무런 연고도 없을 뿐만 아니라 선양소주의 경영 상태도 꽤 어려운 상황이었다. 주변의 우려에도 불구하고 2004년 12월, 나는 선양소주를 인수하고 회장직을 맡았다. 대표이사를 포함하여 모든 임직원을 고용 승계하기로 마음먹었기 때문에 내가 갈 수 있는 자리는 회장직밖에 없었다.

　물론 걱정이 없지는 않았다. 지역에 기반을 둔 소주회사는 그 지역에서 시장점유율이 70% 이상을 차지하는 경우가 많다. 그러나 선양은 40%가 되지 않았다. 전국 시장점유율은 4~5%로 8위권이었다. 성장 가능성은 크지 않지만 그런대로 안정적인 기업이었다. 하지만 어떤 식이든 변화가 필요한 시점이었다.

술이 아니라
문화를 판다

그동안 내가 벌인 일에는 눈에 보이지 않는 공통점이 있었다. 사람과 사람 사이를 이어주는 사업이고 문화와 밀접하다는 점이다.

사람과 사람 사이에 흐르는 것은 문화다. 술 역시 사람과 사람 사이를 잇는 문화 가운데 하나 아닌가. 그렇다면 이제 술에다 어떤 문화 콘텐츠를 입혀서 어떻게 팔 것인가?

선양을 인수하고 나는 이 점을 주목했다. 나는 이제까지 콘텐츠를 만들고 파는 일로 사업을 해온 사람이었으므로 자신이 있었다. 나는 회사 임직원들에게도 자부심을 심어주고 싶었다. 우리회사는 단순히 술을 파는 회사가 아니라 문화를 파는 기업으로 가야 한다고 새로운 방향을 제시했다. 소주회사로서는 처음으로 콘텐츠개발팀도 신설했다.

"술은 공장에서 만들지만 안줏거리는 밖에서 찾아야 한다."

사실 모든 소주는 비슷비슷하다. 주정이 비슷하고, 물이 비슷하고, 첨가하는 감미료가 그렇다. 제조과정에서 약간의 맛 차이가 나지만 아주 사소한 차이일 뿐이다.

술은 기호품이라서 입맛이 쉽게 바뀌지 않는다. 따라서 기존에 하

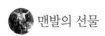

던 대로 만들어 팔면 답을 찾기 어렵다. 모든 것을 바꾸어야 한다. 제품만이 아니라 판매 방식을 바꾸고, 안줏거리를 제공해주어야 한다. 그러려면 바깥에서 안줏거리를 찾아라. 말하자면 우리만의 스토리텔링을 강조한 얘기였다.

지역에 기반을 둔 주류회사는 제품 자체만으로 성공하기 어려우니까 외부에서 돌파구를 찾자는 것이었다. 처음에는 임직원들이 나의 의도를 이해하지 못했다. 오랫동안 뿌리내린 조직문화를 바꾸는 일도 쉽지 않았다. 가장 좋은 방법은 변화를 직접 보여주는 것이다.

계족산 황톳길이 그 대표적인 사례였다. 14.5킬로미터의 산길에 흙을 깔고 '맨발축제'와 '뻔뻔한 클래식' 공연, '국제설치미술제'를 하면서 맨발 걷기를 뛰어넘어 흥미로운 문화의 옷을 입히자 황톳길에서 아주 훌륭한 문화 콘텐츠가 녹아들어 많은 사람들이 매료되어 갔다.

보리소주 원재료 산지를 물색하러 다니다가 태안 청포대해수욕장에서 '해변 맨발축제'를 하고, 해외에 나가 세이셸에서 '에코힐링 국제마라톤대회'를 열었다. 한때 '미쳤다'는 소리를 듣기도 했으나 결국 무언가 큰 그림이 만들어졌다.

산에다 황톳길 만들고, 바다에서 맨발축제를 하고, 해외에 나가서 마라톤대회를 연 것이 대중 속으로 들어간 문화였다. 그것이 자연스

럽게 '선양은 사회공헌기업'이라는 인식으로 확산되어 신뢰를 받고
있다.

비록 대기업의 물량 공세로 경영이 어렵지만 이러한 신뢰가 있으
므로 미래는 희망적이다. 우리를 믿고 격려해주는 고객들이 늘어나
언젠가 가치소비로 이어질 날이 다가오리라 믿는다. 또 나는 사람과
사람 사이를 이어가는 일들을 지속적으로 벌여 나가려 한다.

PART 2

나는 아직도 달리고 싶다

나는 걸을 때 명상할 수 있다. 걸음이 멈추면 생각도 멈춘다.
나의 정신은 오직 나의 다리와 함께 움직인다.
—장 자크 루소

앞 사진 : '대한민국 한바퀴' 2일차 양양 해변을 달리며.

1. 세상에 없는 마라톤 코스

도전,
대한민국 한바퀴

2023년 1월 25일, 나는 강원도 인제에서 고성으로 넘어가는 진부령 고갯길을 달리고 있었다. 체감온도 영하 30도. 지금껏 경험해보지 못한 추위와 모진 바람이 앞을 가로막았다. 걸음을 내딛을 때마다 온몸의 살점들이 한 점 한 점 떨어져 나가는 느낌이었다.

오늘 달려야 하는 거리는 인제군 한계리에서 고성군 건봉사까지 43.14킬로미터. 마라톤 풀코스보다 약간 긴 거리다. 이 거리를 달리고 나면, 고성 통일전망대까지 마지막 27.5킬로미터 구간이 남는다.

나는 '대한민국 국토경계 한바퀴'의 최종 피니시 지점을 향해 뛰어가고 있는 중이었다. 2021년 12월 3일에 고성 통일전망대를 출발했으니 벌써 13개월이 지났고, 달린 날짜로 치면 115일째다. 차가운 바람을 안고 달리기 시작해 다시 한겨울 속을 달리고 있다. 길 위에서 사계절을 맞은 셈이다. 가끔 가족이나 친구, 직원들이 일부 구간을 같이 뛰면서 응원해주었으나 거의 전 구간을 혼자 달렸다.

인제에서 고성으로 가려면 해발 826미터의 미시령과 520미터의 진부령을 넘어야 한다. 매서운 한파를 뚫고 태백산백의 등허리를 넘어가는 여정은 만만치 않다.

얼음장 같은 바람벽을 뚫고 진부령에 올라서니 길 양옆으로 황태 덕장이 펼쳐진다. 지난여름, 땡볕 아래를 달릴 때는 뜨거운 태양이 그토록 원망스러웠는데, 지금은 한 줄기 햇볕이 이렇게 반가울 수가 없다.

진부령 마루에 올라서자 반가운 얼굴들이 눈에 띄었다. 내일이 기나긴 여정에 마침표를 찍는 날이라며 함안의 고향 친구들이 먼 곳까지 응원을 와주었다. 친구들이 들고 있는 플래카드의 문구가 그동안의 피로를 한방에 날려주었다.

"대한민국 한바퀴 최초 완주 성공. 함안 촌놈 조웅래, 60대의 희망이다!"

맨발의 선물

대한민국 한바퀴 106일차, 파주에서 눈을 맞으며 달리고 있다.

PART 2

나는 아직도 달리고 싶다

나는
왜 달리는가?

사람들은 왜 고생을 사서 하느냐고 묻는다. 사실 나에게 왜 달리느냐고 물으면 딱히 대답할 말이 없다. 산이 거기에 있으니까 산을 오른다는 것과 다를 바 없기 때문이다.

나는 24년 이상 마라톤 마니아로 살아왔다. 달리는 것은 내 삶의 일부다. 그렇지만 주말에 이틀 연속, 1년에 100회 이상 정비되지 않은 길을 뛴다는 건 쉬운 일이 아니었다. 게다가 마라톤 풀코스보다 더 긴 거리를 달리는 날이 대부분이었다. 그럼에도 '대한민국 한바퀴'를 돌겠다고 결심하게 된 데에는 분명한 이유가 있었다.

2020년 코로나19(COVID-19) 사태를 전후로 사람들의 일상은 완전히 바뀌었다. 그로부터 2년이 지난 2022년 4월 18일에 '사회적 거리두기'가 전면 해제될 때까지 사람들은 엄청난 육체적 고통과 심리적 결핍, 단절감을 견뎌내야 했다. 사람과 사람 사이에 견고한 벽이 생기면서 모든 인간관계가 끊겼다. 코로나19가 휩쓸고 지나간 2년여의 시간은 모든 이에게 천형의 시간이나 다름없었다.

기업에게는 더욱 힘든 시기였다. 소비는 급감했고, 많은 기업이 인고의 세월을 보내야 했다. 특히 지방에 있는 중소기업들은 2년의 시간을 견딜 만큼 자금 여유가 없었고, 새로운 분야에 진출하거나 신제품을 개발할 여건도 되지 않았다. 전염 사태가 끝나기만 기다릴 뿐 상황을 타개할 만한 돌파구를 찾기 어려웠다.

바이러스보다 더 무서웠던 것은 무기력증의 전염이었다. 사람과의 접촉이 제한되면서 술 소비는 급격히 감소했고, 이로 인해 오랫동안 추진해왔던 신규 사업도 위기에 처했다. 주 2회씩 공장 가동을 중단할 때도 있었다.

코로나 이전에 우리회사는 2010년대 초부터 예술과 IT를 결합한 체험형 공간문화 콘텐츠 '라뜰리에(L'atelier)' 프로젝트에 심혈을 기울이고 있었다. 그 첫 결실로 2017년 서울 동대문 인근에 전시관을 오픈한 뒤 2019년 하반기에는 중국 베이징에 진출했다. 그러나 중국에 진출한 그해 말, 우한에서 코로나 바이러스가 발생하고 말았다. 결국 10년 이상 투자했던 프로젝트를 접을 수밖에 없었다.

미얀마에 소주공장을 건설하려던 해외시장 진출 계획도 중단되었다. 엎친 데 덮친 격으로 2021년 2월 미얀마에서 군부 쿠데타까지 일어나면서 인적 교류 자체가 불가능하게 되었다. 한류 붐을 타고 동남아 주류 시장에 교두보를 확보하려던 계획도 불가피하게 연기해야만 했다.

가장 힘들었던 것은 미래에 대한 불확실성이었다. 코로나 사태가 언제 끝날지 알 수 없는 것도 문제였지만 코로나가 지나간 뒤에 무슨 일이 일어날지, 세상이 어떻게 바뀔지 알 수 없었다. 분명한 것은 코로나 이전과는 전혀 다른 세상을 맞게 될 것이란 사실이었다.

마땅한 출구가 보이지 않는 상황이 계속되자 긍정의 아이콘으로 불렸던 나조차도 점점 활기를 잃었다. 주변 사람들은 말할 것도 없었다. 조만간 돌파구를 마련하지 않으면 난파선처럼 금세 침몰할 것만 같은 분위기였다.

회사 리더로서 이대로 무너지지 않겠다는 굳은 의지와 희망의 메시지를 임직원들에게 전해야 했다. 누구보다 격려가 필요했던 사람은 나 자신이었을 것이다. 누군가 대신할 수도, 나누어 가질 수도 없는 책임의 무게를 감당하기 위해서는 점점 늘어나는 무기력감을 털어내고 새로운 에너지로 충전하고 싶었다.

내가 할 수 있는 일은 무엇이 있을까?

다행히 나에게는 늘 에너지를 공급해준 친구가 있었다. 마흔 살 즈음에 시작한 마라톤이었다. 나는 일상의 모든 에너지를 운동을 통해 얻는다. 그중에서도 내가 가장 즐거워하고, 가장 잘하는 운동이 달리기였다. 그동안 마라톤을 85회 완주한 기록을 가지고 있었다.

하지만 색다른 도전이 필요했다. 그래서 생각한 것이 그 누구도 도전한 적이 없는 '대한민국 국토경계 한바퀴'를 달리는 것이었다.

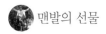

인생을 미리
답사하고 사나?

목표를 정하고 나니 마음이 한결 가벼웠다. 아무것도 할 수 없어 보이는 상황에서 뭔가 행동할 할 수 있다는 사실이 나를 매혹시켰다. 이왕 뛰기로 했으니 뚜렷한 목표를 세우고 그 안에 메시지를 담고 싶었다.

나와 내 주위 사람들에게 희망과 용기를 줄 수 있는 도전, 대한민국을 한바퀴 돌아보자. 그 코스를 어떻게 짤 것인가? 마침 한국관광공사가 조성 중인 '코리아 둘레길'(4,544킬로미터)이 떠올랐다. 여기서 또 나의 역발상 기질이 일을 만들었다.

그렇다면 이 둘레길을 기준으로 삼아 대한민국 한바퀴를 마라톤으로 달려보면 어떨까 하는 생각이 번개처럼 머리를 스치고 지나갔다. 동해안 해파랑길, 남해안 남파랑길, 서해안 서해랑길, 그리고 남해와 서해의 연륙교로 연결된 섬까지 포함하면 거대한 해안선이 만들어진다. 여기에 제주도 둘레길, 울릉도 일주도로, DMZ 평화의 길을 다 연결하면 진정한 의미의 '대한민국 국토경계 한바퀴'가 되지 않겠는가.

애초에 내가 구상한 예상 총거리는 약 5,000킬로미터. 누군가 달려

본 적도, 걸어본 적도 없는 길이었다. 마라톤 코스는 안전하게 달릴 수 있는 도로와 자전거 도로, 사람이 편하게 걸을 수 있는 인도, 남해안과 서해안의 연륙교로 잡았다.

코리아 둘레길 일부 구간을 걸어서 완주한 사람은 있어도 뛰어서 완주한 사람은 없었다. 더구나 제주도와 울릉도, 연륙교로 이어진 섬까지 가본 사람은 전혀 없는 것 같았다. 이 도전이 성공한다면 세상에 없는 길을 새로 만드는 것과 다름없었다. '대한민국 최초'라는 의미를 획득하는 것이다.

목표가 생기자 가슴이 두근거리기 시작했다. 목표에 몰입하여 도전할 때만큼 즐거운 순간은 없다. 하루라도 빨리 도전하고 싶었다.

5,000킬로미터가 넘는 대장정을 기획하면서 사전답사는 하지 않았다. 만약 인생을 살면서 걸어갈 길을 미리 답사할 수만 있다면 살아가면서 겪는 수많은 시행착오를 반복하지 않아도 될 것이다. 하지만 인생은 내비게이션으로 목표지점을 찍고 달려가는 길이 아니지 않은가. 인생의 길은 덤불에 가려진 오솔길처럼 이리저리 사방을 뒤적이면서, 때론 잘못 든 길을 후회하고 새 길을 찾아가는 시행착오의 연속이다. 그 과정을 거치면서 우리는 삶의 의미를 발견하게 된다. 그것이 인생 아닌가.

나중에 대한민국 한바퀴를 다 완주하고 나자 기자들이 내게 물

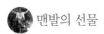

었다.

"답사라도 한 번 해보고 결정했어야 하지 않은가요?"

그래서 오히려 나는 이렇게 반문했다.

"인생을 미리 답사하고 살아가는 사람이 어디 있습니까?"

PART 2
나는 아직도 달리고 싶다

2. 핑계가 쌓이면 포기가 된다

주사위는
던져졌다

기원전 49년, 율리우스 카이사르는 루비콘 강을 건너면서 병사들에게 외쳤다.

"나의 병사들이여! 주사위는 던져졌다!"

강을 건너고 나면 다시는 돌이킬 수 없는 법이다. 나의 결심을 주변에 알린 나도 물러설 곳은 없었다. 20년 넘게 마라톤으로 단련된 몸이지만 이런 도전은 처음이었다. 치밀하게 준비하지 않으면 완성하기 어려운 목표였다.

나중에 다 뛰어보니 총 거리가 5,228킬로미터였다. 예상보다 200

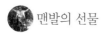

킬로미터 이상 늘어났다.

구간별로 보면, 동해안 해변 713.87킬로미터, 남해안 해변과 주변 섬 1,987.6킬로미터, 서해안 해변과 주변 섬 1,770.83킬로미터, 제주 도 둘레길과 울릉도 한바퀴 286.42킬로미터, DMZ 평화의 길 469.61 킬로미터였다.

서울역에서 부산역까지 13번 달리는 거리, 마라톤으로 치면 풀코 스를 124회 완주하는 거리였다.

DMZ 구간은 본래 휴전선을 따라 평화의 길을 달리고 싶었지만 비무장지대는 민간인의 출입이 자유롭지 않다. 이 때문에 평화의 길 대신 사람들이 자유롭게 오갈 수 있는 도로를 선택했다.

다른 길도 마찬가지다. 코리아 둘레길에는 마라톤을 하기 어려운 갯바위나 등산로, 숲길이 많다. 그래서 사람이 달릴 수 있고 차가 적 게 다니는 도로 등을 중심으로 코스를 설계했다.

마음 같아서는 휴전선 북쪽까지 달려보고 싶었지만 언젠가 그런 날이 오리라 믿으며 아쉬움을 달랠 수밖에 없었다. 그래도 통일의 염 원만은 가슴에 담아보고 싶어 강원도 고성 통일전망대에서 출발하 여 다시 통일전망대로 원점 회귀하는 코스로 확정했다.

나는 2001년 마라톤을 시작했다. 마라톤에 입문하게 된 계기는 두 형님 때문이었다. 둘째 형님과 셋째 형님은 어릴 적부터 운동을 좋아했다. 특히 둘째 형님은 아버님 산소에 갈 때도 손에 제물과 술병을 들고 가파른 산길을 날쌔게 뛰어다녔는데, 어린 내 눈에는 그 모습이 너무나 신기해 보였다.

둘째 형님은 나한테 마라톤을 권유했고, 결국 나의 마라톤 사부가 되었다. 셋째 형님 역시 축구 국가대표(동래고, 백호팀)를 할 만큼 운동 능력이 뛰어났다.

우리 3형제는 2005년 제109회 보스턴마라톤대회에 함께 출전하여 완주한 기록을 가지고 있다. 이때 4형제 중 제일 큰형님은 로드 매니저로 참가했다가 피니시 라인을 통과한 동생들에게 꽃다발을 안겨주어 특별한 추억으로 남았다.

우리 3형제가 보스턴 마라톤대회를 선택한 것은 세계 최고의 권위를 가진 대회일 뿐 아니라 대한민국과도 깊은 인연이 있기 때문이었다.

우리나라가 일제로부터 독립하고 2년 후에 열린 1947년 대회에서 서윤복 선수가 '코리아(KOREA)'라는 국호와 태극기를 달고 출전하여 우승의 영예를 안았다. 1950년 대회에서도 함기용 선수가 우승한 것을 비롯하여 2위(송길윤)와 3위(최윤칠) 선수가 모두 한국인이었다. 그 후 2001년에는 이봉주 선수가 우승했다.

국제적으로 인정받은 메이저 대회는 아무나 출전할 수 있는 게 아

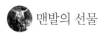

니다. 참가자에게 요구되는 연령별 기준기록이 존재하고, 주최측이 인증하는 대회에서의 기록만 인정된다. 내가 출전할 때의 나이가 40대 중반이었는데, 당시 기준기록은 3시간 25분이었다. 나는 인증한 대회에서 3시간 23분대의 기록을 가지고 있었다.

우리 3형제는 4시간 만에 완주하자고 약속했다. 그것도 다같이 손잡고 들어가기로 했다. 다들 3시간 20분 내지는 30분 기록이 있는 사람들이니까 아무 문제가 없었다. 둘째 형님은 결승선이 다가오자 길가의 사람들한테 손도 흔들고 함성도 지르면서 여유만만이었다.

그런데 예전에 중풍을 앓은 적 있던 셋째 형님이 잠깐 자세가 흐트러지며 기우뚱하더니 페이스를 놓쳤다. 3형제는 아쉽게도 4시간 3초로 나란히 손잡고 결승선을 통과했다. 약속했던 4시간에서 3초를 넘겨버렸으나 정규 마라톤 경기에서 완주한다는 것만 해도 대단한 일이라고 하겠다. 본래 중풍은 100프로 완치가 없다고 하는데, 셋째 형님이 건강하지 못했다면 절대 완주할 수 없는 일이었다.

주최측에서는 대회 역사상 3형제가 출전해 모두 완주한 경우는 처음 있는 일이라고 했다.

3형제의 보스턴마라톤 완주(2005)

맨발의 선물

누구도
가지 않은 길

세상에 없는 마라톤 코스를 만들기 위한 준비가 마무리되었다. 나에게는 일생일대의 의미 있는 프로젝트지만 회사 일을 뒷전으로 미룬 채 달리기에만 매달릴 수는 없었다. 그래서 월요일에서 목요일까지는 회사 일을 하고, 금요일 새벽에 목적지로 이동하여 이틀 동안 마라톤 풀코스 이상씩을 달리기로 했다. 다행히 집이 대전인 관계로 전국 어디든 이동하기가 편리했다.

이동거리가 먼 제주도, 거제도, 고흥반 같은 도서지역은 며칠간 현지에 머물면서 완주하기로 했다.

드디어 2021년 12월 3일 아침, 나는 고성 통일전망대 앞에 섰다. 아직 혹한기에 들어서지는 않았지만 강원도의 추위는 매서웠다. 뼛속까지 파고드는 칼바람을 맞으며 앞으로 가야 할 길을 무연히 바라보았다. 약간의 긴장감, 과연 내가 해낼 수 있을까 싶은 불안감이 잠시 스치고 지나갔다.

혼자서는 불가능한 도전이었다. 우선 차량으로 선도하며 GPS로 위치를 확인하고 길을 안내해줄 조력자가 필요했다. 다행히 오랫동안 나와 함께한 직원 한 사람이 그 일을 자청하고 나섰다. 무엇보다

든든한 힘이 되어준 것은 내가 자리를 비워도 회사를 안정적으로 운영해줄 대표이사와 직원들이었다.

호흡을 가다듬고 출발점에 섰다. 새로운 도전 앞에 컨디션은 최고였다. 먼 곳까지 달려와준 가족과 몇몇 직원들의 힘찬 함성 속에서 대장정의 첫걸음을 내디뎠다.

통일전망대부터 부산 오륙도 해맞이공원까지 50개 코스, 750킬로미터의 해파랑길이 이어진다. 첫날 달려야 할 거리는 송지호해수욕장까지 약 40킬로미터. 첫날인만큼 페이스를 완만하게 유지하기로 했다.

마라톤은 인간의 한계에 도전한다는 의미가 있다. 불가능해 보이는 도전일수록 자신과의 약속을 마지막 순간까지 지켜내는 것이 중요하다. 서두르거나 조바심을 낼 필요 없다. 속도를 늦추어도 되고, 몸에 무리가 온다 싶으면 잠시 멈추었다 다시 시작해도 된다. 매순간 자신과의 약속을 되새기는 것이 중요하다.

마라톤에서 중요한 것 중 하나는 자기 페이스를 유지하고 조절하는 것이다. 개인 차가 있지만 내 경우 13~15킬로미터쯤 뛰면 굳었던 몸이 풀리는 느낌이 든다. 오버페이스를 하기에 딱 좋은 때다. 이때부터 5킬로미터 정도는 저절로 가속이 붙는다. 이때 컨디션이 괜찮다고 과욕을 부리면 점점 페이스를 잃게 된다.

한 번 놓친 페이스는 되찾기 어렵다. 페이스를 조절하고 유지하는 것은 평소 꾸준한 훈련을 통해 가능하다. 자기 페이스를 유지하면서 약간의 육체적 고통을 즐길 수 있다면 좋은 레이스라 할 수 있다.

60대 중반의 나이에 누구도 가보지 않은 길을 만들어가며 달리는 것은 인간의 한계에 도전한다는 마라톤 이상의 의미를 넘어서는 것이었다. 부디, 길이 보이지 않는 팬데믹 시기를 살아가는 모든 이들에게 작은 위안과 희망을 주고 싶었다.

덥다고 밥 안 묵나,
춥다고 잠 안 자나?

극한의 레이스에서는 체력도 중요하지만 험준한 지형이나 날씨를 극복하는 것이 가장 큰 과제다. 그래서 사람들은 달리는 행위를 자연에 순응하는 과정이라고 말한다. 자연을 이기려고 하면 성공하기 어렵다. 자연에 적응하고 순응하는 사람만이 결승선에 도달할 수 있다.

나 역시 날씨에 적응하는 것이 가장 힘들었다. 봄이나 가을에는 주변의 풍광을 즐기며 여유롭게 달릴 수 있었지만, 혹한기나 혹서기는 정말 견디기 힘들었다.

맨 처음 강원 고성에서 부산 오륙도까지 달릴 때는 겨울이었다.

동해안은 하루 평균 43~44킬로미터씩 달렸다. 오륙도에서 해남 땅끝마을까지 남해안은 봄·여름이었고 평균 45~46킬로미터를 달렸다. 땅끝마을에서 강화 통일전망대까지 서해안 구간을 뛸 때는 가을이었다. 이 구간에선 평균 50킬로미터를 달렸다. 구간거리가 무려 7킬로미터 이상 늘어난 것인데, 마라톤에서는 대단한 일이다. 레이스에 탄력이 붙기도 했고 날씨도 일조한 결과였다.

남해안과 목포 구간을 달릴 때가 한여름이었다. 폭염도 힘겹지만 땅의 지열과 도로에서 올라오는 반사열은 지옥 같았다. 아무리 새벽에 출발해도 고온에다 습도까지 높아서 2킬로미터만 달려가도 땀범벅이 되었다. 여름에는 새벽 4시 반부터 달리기 시작하고, 겨울에는 볕이 날 때를 기다려 조금 늦게 출발했다.

한겨울, 평화의 길 주변을 달릴 때는 턱이 얼어붙어 말이 나오지 않을 만큼 추웠다. 그래도 여름보다는 겨울이 나은 편이었다.

달리는 동안 수없이 많은 언덕을 만났다. 그중에서 거제도는 잊을 수 없었다. 섬이란 것이 무색하리만치 첩첩산중을 빙빙 돌면서 고갯마루를 수없이 넘었다. 지금도 아내나 나나 '아, 그 남파랑길 24코스!' 하고 단박에 기억해내는 마의 코스였다.

맨 처음 코스를 계획할 때 코리아 둘레길 중에서 갯바위 길이나 차가 다니지 못하는 길은 다른 길로 우회하도록 짰었다. 그런데 24

코스는 차가 다닐 수 있는 임도가 있어서 들어섰던 것이었다. 더구나 둘레길이 맞으니까 아무 생각 없이 달렸는데 언덕 넘어 또 언덕이 계속 나타났다.

바닷가 벼랑을 끼고 하나를 넘으면 또 다른 언덕, 산 쪽으로 휘감아돌아 오르면 다시 바다 쪽으로 내려가는 내리막이 나왔다. 돌아갈 수도 없으니, 앞으로 앞으로만 달려가는 수밖에.

경사가 심한 언덕은 자세를 조금 더 낮추고 속도를 줄여서 넘는 게 요령이다. 도로에 풀칠을 해놓은 것처럼 발바닥이 떨어지지 않았는데, 고갯마루에 올라서면 뻥 뚫린 바다가 나를 반겨주었다. 정말 가슴이 뻥 뚫리는 희열을 맛보았다.

나는 대한민국 한바퀴를 돌면서 수많은 산과 언덕을 넘었어도 걸어서 넘은 적은 한 번도 없었다. 숨이 턱에 차고 근육이 발을 잡아당겨도 한 번도 멈추거나 걷지 않았다. 한 번 걷게 되면 다음에 또 걷게 되는 게 사람의 심리다.

걸음을 늦추지 않고 줄기차게 뛰다보면 어느 순간 내 자신이 극한을 즐기고 있다는 느낌이 든다. 힘겨운 고개를 넘고 한 구간을 완주할 때마다 마치 그림 퍼즐을 한 조각 한 조각 맞추어가는 기분이 들었다. 작은 빈칸들을 채워가며 큰 그림을 완성해가는 느낌은 말로 표현할 수 없을 만큼 감동적이다.

PART 2
나는 아직도 달리고 싶다

일년 사계절 내내 5,200킬로미터가 넘는 거리를 달리니까 주위 사람들이 궁금해하는 것들이 많다. 가장 많이 받는 질문은 "어떻게 마라톤 풀코스 이상을 며칠씩 이어 달릴 수 있나?" 혹은 "그만두고 싶을 때는 없었나?" 하는 것이었다. 인간적인 질문이고 궁금증이다. 그렇지만 그때마다 나는 딱 잘라 단순하게 답했다.

"덥다고 밥 안 묵나? 춥다고 잠 안 자나?"

내가 로봇도 아니고 왜 힘들지 않겠는가? 하지만 한 번도 포기하고 싶은 마음을 먹은 적은 없었다. 이 점이 중요하다.

핑계 없는 무덤이 없다는 말이 있듯이 우리가 무언가를 포기하는 데는 다 그만한 이유가 있다. 핑계가 쌓이면 포기가 된다. 따라서 자신과의 약속을 지키려면 첫 번째 핑곗거리를 만들지 않는 것이 중요하다. 악마처럼 속삭이는 핑계의 유혹을 발로 팍 차버릴 수 있는 자만이 목표까지 달려갈 수 있다.

3. 한계를 넘는 힘

돌아갈 수
없는 길

흔히 마라톤을 인생의 희로애락에 비유한다. '대한민국 한바퀴'에
도 왜 희로애락이 없었겠는가.

고성 통일전망대를 출발할 때 몰아치던 차가운 겨울바람이 동해
안을 달리는 내내 나를 괴롭혔다. 남해안을 달릴 때는 폭염과 바닷바
람에 실려오는 소금기가 나를 지치게 했고, 때로는 끓어오르는 지열
을 식혀주던 빗물이 순식간에 장대비로 변해 발목을 잡기도 했다.

울릉도 일주도로를 달릴 때는 변덕스러운 날씨 때문에 뭍으로 돌
아오는 여객선 운항이 중단된 적이 있었다. 가까스로 포항으로 가는

화물선을 얻어 타고 장장 열두 시간을 파도에 시달리며 배 위에서 보냈다. 포항에 도착한 뒤에도 자동차를 하역하기 위해 다섯 시간을 기다려야 했다. 배가 한밤중에 도착하는 바람에 하역 인력이 출근 때까지 기다렸던 것이다. 살다보면 예상치 않았던 순간과 수시로 부딪히게 된다.

하긴, 장장 13개월 동안 전 국토를 빙 돌았으니 별별 에피소드가 많을 수밖에 없다. 흔히들 하는 말로 소설로 쓰면 몇 권은 된다.

아직 찬 기운이 남아 있던 2월과 3월 사이에 거제도에서 6일간, 총 260킬로미터를 연속으로 달릴 때였다.

일단 출발하면 손목에 찬 스마트워치하고 휴대폰을 연동하여 계속 기록을 남기고 있었다. 완주 후 한국기록원에 제출할 인증자료를 만들어야 하고, 또 내가 만들어가고 있는 코스를 정확하게 남기기 위해서 빠짐없이 기록을 유지했다.

그런데 하루는 스마트워치를 잘못 조작해 3킬로미터 정도가 날아가버리는 일이 생겼다. '아, 세상에 이런 일이…' 달려온 길이 지도 위에 한 줄로 죽 이어져야 하는데, 중간에 선이 뚝 잘려버린 것이었다. 한두 번 만져본 것도 아닌데 정말 어처구니없는 실수였다.

차에 타고 있던 아내가 나보다 더 난감해하며 "다시 돌아가자"고 했다.

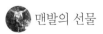 맨발의 선물

한 지역에서 며칠간 연속으로 뛸 때는 아내가 와서 거들어주었기에 거제도 일주 때도 아내가 늘 곁에 있었다.

아내는 단호하게 다시 돌아가 뛰자고 하지만 난감한 일이었다. 이미 GPS 상에 기록이 끝났는데 다시 돌아간다고 그 선이 이어질 수는 없었다. 완주 후 증빙자료로 GPS 용지를 전부 프린트해 제출하게 되어 있는데, 끊어진 선은 영영 되돌릴 방법이 없는 것이다. 앞뒤 참고자료를 추가로 내기로 하고 다시 달렸다. 달리면서 가만히 생각하니 인생살이도 그렇지 않은가. 지나온 날은 그대로 지나간 날이 아니던가….

머슴을 대접하듯이
근육을 대접하라

인간은 참 불가사의한 존재다. 굳이 그럴 필요가 없는 데도 지옥에 뛰어들어 자신의 한계를 시험한다. 인간은 극한상황에 도전할 뿐 아니라 그 위험을 즐긴다. 참 재밌는 일이다. 지구상에 그런 생명체는 없다.

사람들은 1년이 넘도록 매주 이틀씩 혹은 대엿새 동안 연속으로, 마라톤 풀코스 이상의 거리를 뛰는 나를 보고 놀란다. 어떻게 60대

중반의 나이에 이틀간 평균 90킬로미터 이상을 계속 뛸 수 있느냐? 나 역시 13개월 동안 한 번도 일정을 건너뛰지 않은 내 자신이 대견스럽다. 그리고 가장 자부심을 느끼는 것은 그 먼 길을 큰 부상 없이 뛰었다는 사실이다.

달리는 동안 여러 지인들이 나를 응원하기 위해 찾아왔다. 먼 곳까지 일부러 찾아온 지인들을 그냥 보낼 수는 없었다. 다음날 새벽 일찍부터 달려야 하는 데도 응원부대들과 술을 마시는 날이 많았다. 그런데도 게으름을 피우지 않고 나와의 약속을 지킨 것은 냉정한 자기관리 없이는 불가능했다. 계속 달리려면 근육한테 잘 보여야 된다. 중국의 고전《한비자韓非子》에 이런 말이 있다.

품삯을 주고 머슴을 고용하여 씨를 뿌리고 밭을 갈게 할 때, 주인이 그에게 좋은 음식을 먹이는 것은 머슴을 사랑하기 때문이 아니다. 그것은 머슴을 잘 대우해야만 그가 힘을 다하여 밭을 깊이 갈고, 김을 잘 매기 때문이다. 또 머슴이 열심히 김을 매고 밭을 가는 것은 주인을 사랑하기 때문이 아니다. 그렇게 해야만 주인에게 좋은 음식을 대접받고, 품삯을 많이 받을 수 있기 때문이다.

내가 어렸을 때만 해도 시골 부잣집에는 머슴이 있었다. 머슴은 땅

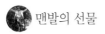

주인의 농사일을 해주고 오늘날 연봉에 해당하는 '새경'을 곡식으로 받았다. 일종의 계약관계라 할 수 있다. 주인은 머슴에게 숙식을 제공한다. 그런데 가만히 보면 머슴은 주인의 가족보다 후한 대접을 받곤 했다. 먹을 것이 귀하던 시절에도 머슴의 밥그릇은 주인 아들의 밥그릇보다 크고, 머슴이 자는 문간방은 한겨울에도 땀이 날 정도로 쩔쩔 끓었다.

주인이 머슴에게 후한 대접을 하는 것은 아들보다 사랑해서가 아니라 그를 잘 대접해야만 일을 더 잘하기 때문이다. 머슴이 일을 열심히 하면 수확이 늘고, 수확이 늘면 주인에게 이익이다. 머슴에게 잘해주는 것이 서로 윈-윈 하는 방법이었던 것이다.

116일 동안
두 번 멈추다

몸도 마찬가지다. 날마다 오랜 시간 걷고 달리려면 평소에 근육을 잘 대접해야 한다. 40킬로미터 이상 뛰고 나면 근육이 피로하다. 아무리 뛸 의지가 있고 힘이 남아돌더라도 근육이 말을 듣지 않으면 달릴 수 없다. 사용한 만큼 대우하고 관리하지 못하면 탈이 난다. 당분간 문제가 없다고 혹사하면 반드시 대가를 치르게 되어 있다. 그래서 나는 매일 규칙적으로 몸을 관리한다.

평소 관리하는 방법은 세 가지다.

첫째, 맨발 걷기. 나는 매일 걷는다. 평일엔 새벽에, 주말엔 낮에 황톳길을 걷는다.

둘째, 사무실에서 매일 요가와 스트레칭을 한다. 나는 운전 못하고 골프도 못한다. 뭔가 꽂히는 게 있으면 배웠을 텐데 그쪽으론 영 흥미를 느끼지 못했다. 대개 골프를 하는 CEO들은 사무실 한켠에 퍼팅 메트를 깔아두는데 내 사무실엔 그것 대신에 요가 매트가 있고 벽에는 거울을 달아놓았다. 요가와 스트레칭을 꼭 하기 때문이다. 외부에서 뛸 경우엔 요가 메트를 자동차에 싣고 다닌다.

셋째, 주로 새벽 운동을 한 후에는 찬물로 시작, 더운물로 몸을 푼다. 운동량이 많을 때는 몸에 염증을 줄이기 위해 냉온수욕을 하는 것이다. 내 기준으로는 찬물을 시작으로 찬물과 더운물에서 각각 1분 10초씩 7회 반복한다. 1분 10초는 혈액이 순환되는 주기로 본다. 이렇게 하면 염증을 줄여주고 혈액 순환을 원활하게 한다. 출장 가서 욕조가 없는 곳에서는 샤워기로 냉수욕과 온수욕을 번갈아 한다.

이렇게 관리해도 이상이 올 때가 있다. 나는 대한민국 한바퀴를 돌면서 116차례 풀코스 이상을 달리는 동안 근육 통증으로 딱 두 번 멈춰선 적이 있었다. 한번은 강원도 삼척 부근을 달릴 때 13킬로미터쯤

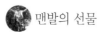
맨발의 선물

지나 근육에 통증이 와서 레이스를 중단했다. 달리다가 근육이나 어디에 이상이 오면 바로 멈춰야 큰 부상을 예방하기 때문이다.

또 한번은 겨울에 경기도 파주 임진강을 달릴 때였다. 눈이 많이 내려 온 세상이 눈밭이었다. 눈길을 따라 달리는데 설상가상으로 가이드 차량도 잃어버렸다. 인적 하나 없는 허허벌판을 하염없이 달리고 있었는데 다행히 김치공장이 나타났다. 정문 경비아저씨한테 휴대폰을 빌려 겨우 차에다 연락을 했다.

가이드 차량이 나타난 것은 한 50분쯤 지난 뒤였다. 추운 날씨에 50분씩이나 떨고 있었으니 도저히 다시 뛸 몸 상태가 아니어서 그 지점에서 중단키로 했다. 그날은 대략 23킬로미터만 달리고 멈추었던 것이다. 차 트렁크에서 선양소주 2병을 꺼내 등댓불처럼 고마웠던 김치공장 경비아저씨한테 선물로 건넸다. 비록 마라톤은 중단됐지만 이 정도면 신의 가호가 있었다고 해도 무방하다.

내 나이에 웬만한 청년보다 뛰어난 체력을 유지할 수 있었던 비결은 앞에서 말한 세 가지 방법으로 운동하고 피로해진 근육을 풀어주기 때문이다. 이 세 가지를 습관화한 덕에 지금까지 큰 탈 없이 마라톤을 할 수 있었다.

최근 어느 TV 프로그램에 출연해 정밀측정한 결과 나는 60대 중반 나이에 관절 건강은 40대 후반으로 나왔다. 이는 평소에 관절을 둘러싸고 있는 근육을 튼튼하게 잘 관리한 덕분이다.

운동량은
1년에 5분씩 늘려서

먹는 것도 중요하다. 나는 요리를 꽤 잘하는 편이다. 학창시절에 누군가 나에게 요리사의 길을 안내해준 이가 있었다면 나는 기꺼이 요리사가 되었을 것이다. 그래서 밖에 나가면 직접 요리를 하는 경우가 많다.

대한민국 한바퀴를 달리면서 펜션을 숙소로 많이 이용했는데, 지인들이 응원차 방문하면 직접 장을 봐서 요리했다. 실은, 친구들이 오면 주로 술과 함께 음식을 먹기 때문에 달리는 데는 별 도움이 되지 않는다. 그래도 근육을 관리하려면 단백질을 섭취하는 것이 중요하기 때문에 주로 육류를 섭취하고 바닷가에서는 해산물을 요리하여 친구들을 대접했다.

남해는 먹갈치가 유명하다. 먹갈치를 통째로 놓고 그 위에 대파와 마늘을 올려서 호일로 감싼 다음 숯불에 익혀서 내놓으면 별미 요리가 된다.

서해안에서는 2킬로짜리 돔을 통째로 놓고 역시 대파와 마늘을 올

린 다음 호일에 싸서 숯불에 1시간쯤 익히면 기막힌 요리가 된다. 마치 샤베트 같은 식감이 끝내준다. 이 맛을 본 친구들은 당장 상품화해도 돈 벌겠다고 법석을 떤다.

친구들은 금요일 오후에 그날 구간이 끝나는 곳으로 플래카드를 들고 나타난다. 그러고는 똑같이 술을 마신 뒤 다음날 나는 새벽에 일어나 요가를 하고 30킬로미터쯤 달리고 있는데, 친구들은 그때쯤 일어나 토요일 골인지점으로 와서 전날 썼던 플래카드를 다시 펼쳐 들고는 응원한다고 생색을 낸다. 하긴 내가 괴짜이니 친구들이라고 별수 있겠냐마는, 방문 목적이 응원인지 술인지 알 수가 없다. 내가 헉헉거리고 들어오면 친구들은 박수를 치고 나서 점심 먹고 시끌벅적 시간을 보낸다. 하긴 돌아보니 이것도 추억에 남는 일이었다.

완도를 뛸 때였다. 엄청나게 더운 날씨라서 비 오듯 땀을 흘리며 앞만 보고 달리고 있었다. 38킬로미터 지점에서 그 모습을 지켜보던 한 친구가 너무 안쓰러워 눈물이 났었노라고 저녁 자리에서 털어놓았다. 그 말에 나 역시 울컥했다. 플래카드 하나 들고 설쳐대긴 해도 그런 걸 보면 친구인 게 맞다.

나는 전날 술을 마시면 뛰는 도중에 숙취가 싹 가신다. 좀 많이 마셨을 때는 좀 더 많이 뛰어야 회복된다. 헌데, 나이가 들수록 회복 속도가 점점 느려지는 것을 느낀다. 나이가 들면 자연스레 운동량이 줄어들지만, 그래서 나는 운동량을 늘리려고 노력 중이다. 현재의 하루 운동량을 1년 단위로 5분 정도씩 더 늘려 체력을 유지할 계획이다. 그러니까 내가 70대 중반일 때는 지금보다 50분 더 운동하는 것이다.

땀을 흘린 뒤에는 목욕탕을 찾아간다. 요즘에는 도시든 시골이든 대중목욕탕을 찾기가 쉽지 않다. 시군 단위에 남아 있던 목욕탕마저 사우나로 바뀌고, 그마저 현저히 줄었다. 그만큼 지방의 인구 감소가 심각하다는 뜻이다.

여름에 마라톤을 하면 온몸이 새까맣게 탄다. 고흥반도 320킬로미터를 달릴 때였다. 군 지역인데도 목욕탕이 달랑 하나뿐이라 목욕하느라 연일 그 집을 들락거렸다. 하루는 탕에 들어갔더니 며칠째 오는 나를 알아보고는 사람들이 나를 힐긋힐긋 쳐다보더니 말을 걸었다. "어느 공사장에서 일하다 오는 거냐?"고 안쓰러워하는 것이었다. 내 피부가 새까마니까 한데서 일하는 인부로 보였나 보았다.

내가 "마라톤으로 대한민국을 돌고 있는 중"이라고 하니 그분들이 눈을 더 동그랗게 뜨고 이해할 수 없다는 표정을 지어 보였다. '쯧쯧, 별난 사람 다 보겠군,' 이런 표정이었다. 그분들이 볼 때 내가 공사장 인부가 아니라 마라톤 하다가 시커멓게 탔다는 게 더 이상스러웠던 것이다.

별난 사람 다 본다는 식으로 뚫어져라 바라보다가 한 사람이 "염전에 끌려갔다가 도망친 사람인 줄 알았네" 하고 농담을 던져서 다들 웃고 말았다.

시골 목욕탕에 가면 재미있는 것이 먹을 것까지 다 해결된다는 점이다. 목욕을 마치고 주인에게 동네 맛집을 물어보면 실패하는 일이 없었다. 현지인들이 다니는 맛집은 인터넷 검색으로 찾아가는 맛집보다 훨씬 맛있다. 가성비도 최고다.

'대한민국 한바퀴' 87일차(태안_신두리해안사구).

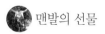

4. 인생의 반환점

인생의
한 고비를 넘길 때

    산다는 것은 낯선 지도 위에 조금씩 길을 그려 나가는 것이 아닐까? 이 땅에 첫발을 내디뎠던 그 순간부터 우리는 각자의 품안에 지도 하나씩을 품고 산다. 세상의 모든 부모는 아이의 여린 발에 신발을 신겨 주며 무탈하기를 기원하지만 지도를 대신 그려줄 수도, 대신 걸어줄 수도 없다. 앞으로 걸어갈 길은 결국 자신의 몫이다.

    '대한민국 한바퀴'를 준비하면서 고민했던 문제 중 하나는 코스 설계였다. 어느 길로 하루에 얼마나 달릴까 하는 점이었다.

    계획을 세웠으나 사전 답사를 하지 않았기 때문에 가끔 길을 잃을 때가 있었다. 가이드 차량이 GPS를 참조해서 길을 안내하지만 때로는 길을 잘못 안내할 때가 있다. 그러다보면 예상 거리보다 훨씬 더 뛰게 된다.

경남 통영을 달릴 때였다. 그날 따라 늘 안내해주던 직원한테 사정이 생겨 다른 사람이 가이드를 맡았다. 나는 활짝 핀 벚꽃에 취해 "아하, 좋네 좋아!" 감탄을 연발하며 신나게 달렸다. 그런데 뭔가 잘못되고 있었다. 아니나다를까 이 친구가 나를 엉뚱한 길로 안내하고 있었다. 결국 남파랑길에서는 하루 45~46킬로미터씩 달렸는데, 그날은 선무당이 안내하는 덕분에 나는 고스란히 50킬로미터를 달리고 말았다.

그런 경험을 몇 차례 하고 나니 달리는 거리가 조금씩 늘어났다. 그리고 예상치 못했던 난관에 부딪혀도 잘 풀어 나가는 적응력도 높아졌다.

산과 언덕이 내 앞을 가로막는다 해도 나는 겁없이 도전했고, 정 힘들면 속도를 조금 낮추는 한이 있더라도 절대 쉬지 않고 달렸다.

물론 견디기 어려울 정도로 힘든 날도 있었다. 출발 13개월차, 동해안부터 남해와 서해를 돌고 원점을 향해 달리던 한겨울의 강원도는 말 그대로 첩첩산중이었다. 양구에서 고성에 이르는 길에는 숨이 턱 밑까지 차오를 정도로 가파른 고갯길이 말할 수 없이 많았다.

 맨발의 선물

살을 에이는 칼바람을 뚫고 고지를 달리는 고통은 이루 다 형언하기 힘들다. 그래도 중단하고 싶은 적은 한 번도 없었다. 내가 만든 약속을 내가 지켜야 하겠다는 의지가 그런 유혹보다 강했기 때문이었다. 살면서 자신과의 약속을 지킨다는 건 큰 에너지원이다.

철책선 근처를 지날 때는 젊은 시절에 군생활을 하던 기억이 떠올라 마음이 울컥했다. 110일차가 되던 날, 체감온도는 영하 30도에 이르렀고 주변은 온통 새하얀 눈으로 덮여 있었다. 철원에서 화천으로 넘어가는 고개에 내가 젊은 시절에 복무했던 '백골부대'가 있다. 전역 후 부대 근처에 와본 것은 41년 만이었다.

청년 시절, 나는 논산훈련소로 입대하여 군사훈련을 받고 전방부대에 배치되었다. 강원도 깊은 산골로 향하는 버스 안에서 바라보던 깊은 계곡과 짙은 산 그림자를 지금도 잊을 수가 없다. 백골부대로 들어서던 순간에는 두려움과 낯섦 같은 감정이 나를 지배하고 있었을 것이다. 나는 통신대대에 통신선 가설병으로 배치되었다. 나무 전봇대에 올라가 속칭 '삐삐 선'을 가설하는 임무를 맡아 산에서 산으로 넘나들며 군생활을 보냈다.

청춘을 보낸 백골부대 앞을 지난다고 생각하니 가슴이 먹먹했다. 그래서 미리 부대장에게 연락을 취해 40여 년 전에 근무한 부대를 방문하고 싶다는 뜻을 전달했다. 자그마한 선물이라도 전달하고 싶은 마음이었다.

그런데 부대장이 내 신분을 확인하고는 대뜸 부대원들을 위한 강연을 부탁했다. 마라톤 도중에 강연까지 하기가 버겁다는 생각이 들었으나 젊은 날의 나와 같은 후배 병사들과 만나는 것도 소중하겠다 싶어 강연을 승낙했다.

하지만 부대를 방문하기로 한 날, 북한의 무인기가 휴전선을 넘어 침투하는 바람에 인근에 있는 모든 부대에 비상이 걸렸다. 결국 부대 방문과 강연은 취소되었다.

아쉬운 마음에 달리기에만 열중하고 있는데, 군 차량 한 대가 옆을 지나다가 갑자기 도로 옆에 멈춰 섰다. 부대 앞을 통과하는 내 모습을 보고 부대 관계자가 알아본 것이었다. 장교 한 사람이 차에서 내리더니 "백골!" 하고 경례를 붙였다. 41년 만에 들어보는 구호였다. 골백번 들어도 낯설지 않은 말, '살아서도 백골, 죽어서도 백골'이라는 구절이 떠올랐다. 나도 그를 향해 경례 구호를 외치고는 자동차 안에 싣고 다니던 선양소주 몇 박스를 부대에 전달해 달라고 부탁했다.

누구에게나 청춘은 있다. 청춘이 아름다운 것은 새하얀 설원 위에 가장 먼저 발자국을 낼 수 있는 용기를 가지고 있고, 그 도전이 보장되고 용인되기 때문이다.

맨발의 선물

내가 타박타박 발자국 소리를 내며 달리자 눈밭에 앉아 있던 철새들이 큼직한 날개를 퍼덕이며 날아올랐다. 철원을 벗어나기까지 푸른 군복의 '청년 조웅래'가 내 뒤를 계속 따라오는 것만 같았다.

1차 정년은 55세

마라톤에 '펀 런(fun run)'이라는 말이 있다. 즐겁게 달린다는 뜻이다. 먼 거리를 달리는 것은 고통스럽다. 그러나 달리는 즐거움을 느끼지 못하면 멀리 달릴 수도, 오래 달릴 수도 없다.

막 마라톤에 입문한 사람은 반환점에 이르면 몸이 천근만근이 되고, 두 다리에 추를 달아 놓은 것처럼 걸음이 느려진다. 이런 상황에서도 속도에 연연하지 않고 기분 좋게 결승선을 통과하는 사람이 있다. 결승선을 통과한 뒤에도 한 번 더 뛰어도 좋을 것 같은 상태가 '펀 런'이다. 달리는 것 자체를 즐기는 사람은 전반부보다 후반부 기록이 더 좋다.

나는 인생의 반환점은 55세라고 이야기한다. 사람은 참 늦된 동물이다. 대부분의 초식동물은 탯줄이 끊기고 얼마 지나지 않아 곧바로 초원을 걷기 시작한다. 태어나자마자 걷지 못하면 곧바로 맹수의 밥이 되어버리기 때문이다.

하지만 인간은 다르다. 생후 1년이 지나야 설 수 있다. 두 발로 선 뒤에도 10여 년을 미성년자라는 이름으로 부모의 품속에서 자란다. 요즘에는 나이 30이 넘도록 부모의 품을 벗어나지 못하는 캥거루족도 흔하다. 어찌 되었든 사람은 인생의 초반 20년을 부모의 등에 업혀 달려온 셈이다.

10여 년 전까지는 직장의 정년이 대개 55세였다. 마라톤으로 치면 인생 풀코스의 반환점이 55세인 것이다.

앞으로 기대수명이 90년 정도로 늘어난다고 치면 온전히 홀로서기로 살아가는 기간은 70년쯤 된다. 이 70년을 반으로 나누어 부모의 등에 업혀 달려온 20년을 보태면 1차 정년은 55세 언저리가 된다.

직장을 떠나 새로운 인생을 시작하는 시기도 이 무렵이다. 그래서 50대 중반에 이른 후배들을 볼 때마다 이제 반환점에 도달한 것이라고 말해주곤 한다.

기대수명이 늘어난 요즘에는 1차 정년 후에도 무슨 일이든 해야 하고 30년 이상을 더 활동해야 한다. 인생의 반환점에 도달했을 때 가장 필요한 것은 용기다. 반환점 앞에 서는 순간, 더 이상 과거에 연연하지 말고 앞으로 달려가야 할 레이스만 생각해야 한다.

달리고 또 달리다 보면 어느덧 반환점이 눈앞에 보인다. 반환점을

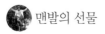

앞두었을 때 두 부류의 사람이 있다. '힘들게 뛰어왔는데 나머지 반을 또 어떻게 달리지?' 하는 사람과 '다시 시작이네. 온 만큼 다시 가면 결승선이구나!' 하는 사람이다.

자기 페이스를 유지한 사람은 뛰어온 길에 너무 얽매이지 않는다. 마찬가지로 인생 반환점도 살아온 날보다 살아갈 날이 중요하다. 그래서 나는 반환점에 이르렀을 때 다시 시작하는 기분으로 마음을 다잡는다.

자신의 정체성을 대변해주던 직장이나 지위 따위는 잊는 것이 좋다. 뒤를 돌아보기보다는 앞으로 다가올 새로운 일, 새로운 미래, 새로운 즐거움을 바라보아야 한다.

젊은이들은 말할 것도 없다. 마라톤으로 치면 그들은 초반 레이스에 접어들었을 뿐이다. 남보다 늦었다고 승부가 결정된 것은 아니다. 젊을 때는 좌충우돌 새로운 길을 탐험해도 괜찮다. 반환점까지 가려면 많은 시간이 남아 있고, 충전을 위해 조금 쉬었다 가더라도 역전의 기회는 얼마든지 있다.

이제 내 나이 60대 중반. 1차 정년이 막 지났으니, 지금 나는 열 살쯤 먹은 어린아이일 뿐이다.

5. 한 사람의 열 걸음보다 열 사람의 한 걸음

**함께하면
힘이 된다**

마라톤에서 35킬로미터 지점에 이르면 체력적인 한계를 실감한다. 참가자들이 가장 많이 완주를 포기하는 지점이기도 하다. 이때부터는 그동안 훈련으로 쌓아온 체력과 정신력으로 한계를 극복해 나가야 한다. 그런데 나의 경우 40킬로미터에 가까워오면 오히려 힘이 난다. 몸은 힘들지만 '오늘도 내가 약속한 거리를 뛰었구나' 싶은 성취감이 가슴을 적셔오기 때문이다.

나는 회사에서 직원들에게 '도전해라, 끈기를 가져라, 끝까지 싸워라'라는 말을 하지 않는다. 말 대신 직접 보여주는 것이 낫다. 대한민국 한바퀴를 뛰는 모습을 보여줌으로써 나는 직원들에게 용기와 희망을 자연스럽게 전달할 수 있으리라 믿었다.

체력이 뛰어나더라도 마라톤으로 대한민국을 한바퀴 돌겠다는 계획은 함께해줄 사람이 없으면 시도하기 어렵다. 달리는 것은 혼자지만 등뒤에는 수많은 지원군과 응원단이 함께했다.

1차 지원군은 가족이다. 몇몇 구간은 대전에서 거리가 멀어 며칠씩 머물며 연이어 달렸다. 덕분에 이동시간을 줄일 수 있었지만 며칠씩 풀코스 이상을 달리는 게 나에게는 만만치 않은 도전이었다.

거제도에서 6일, 제주도 5일, 고흥반도 4일, 진도 3일을 연속 달렸는데 그때마다 아내가 동행하여 뒷바라지해 주었다. 특히 거제도는 6일 동안 260킬로미터를 뛰었는데, 마라톤 풀코스 이상의 거리를 6일 연속 뛴 것은 처음이었다.

아내에게는 늘 미안한 마음이다. 한동안 아내는 내가 마라톤 하는 것을 이해하지 못했다. 힘만 들고 재미없는 걸 왜 혼자서 기를 쓰고 달리냐는 것이다. 더구나 대한민국 한바퀴를 달릴 계획을 알렸을 때는 어이없다는 표정이었다. 게다가 1년 내내 뛴다고? 온갖 걱정을 쏟아내는 것도 일리가 있었다.

남들은 제주살이를 한다거나 귀농·귀촌 살아보기를 한다고 하는데, 매주 이틀씩 집을 떠나 생고생을 한다고 하는 걸 이해할 사람은 어디에도 없을 것이다. 아무렴 나도 인간인지라 아내한테 '마라톤살이'를 시킨 사람으로서 미안한 마음은 있다. 그러면서도 나도 내 주장을 굽히지 않았다.

"세상에 재미있는 것만 하고 사나?"

"멀리까지 와서 왜 한 번만 뛰고 갈 수 있노? 골프도 2박3일로 하더구만…."

매주 뛰고 와도 지친 기색 없이 즐거워하니까 결국 아내가 나서서 도와주기 시작했다.

물론 아내가 뒷바라지한 데는 또다른 의도도 있다. 내가 술을 좋아하다 보니 아내가 곁에서 좀 챙겨야겠다고 마음먹었을 것이다. 더욱이 한 지역에서 묵으면서 사나흘 이상 연속으로 달릴 때는 곁에 누가 있으면 훨씬 수월했다. 사실, 116일을 큰 부상 없이 계속 뛸 수 있었던 데는 아내의 뒷바라지가 큰 몫을 했다.

여수를 달리던 47일차에는 큰형님과 둘째형님이 합류하여 아름다운 순천만을 함께 달렸다. 당시 큰형님은 80세, 둘째형님은 76세였는데 두 분이 조카 손자들까지 데리고 와 응원해주었다.

나를 '술 할아버지'라 부르는 조카, 손주들의 천진난만한 미소를 보니 절로 힘이 솟았다. 조카와 손주들은 "괴짜왕 삼촌의 대한민국 일주를 응원합니다"라는 플래카드와 함께 "다음엔 지구 한바퀴, 술

할아버지 파이팅!"이라는 응원 문구가 적힌 부채 모양의 피켓을 만들어왔다. 충남 당진 해안을 달리던 90일차에는 사돈댁 가족까지 찾아와 힘을 실어주었다.

전남 장흥을 달릴 때는 2005년 뉴욕마라톤에서 만나 인연을 맺어온 문옥현 씨가 자신의 고향을 지난다는 소식을 듣고 찾아와 함께 달렸다.

100일째를 맞은 제주도에서는 그 지역에서 활동하는 러너스클럽 회원들이 함께했다. 또 동해와 남해, 서해를 돌아 경기도에 진입했을 때는 회사 팀장들과 지점장들이 10킬로미터 정도를 함께 뛰며 힘을 실어주었다.

많은 분들의 지원과 응원이 없었다면 나의 도전은 몹시 힘들었을 것이다.

달릴 수 없는
사람들

마라톤을 하고 나면 몸에 좋은 보약을 먹은 기분이 든다. 보약은 한 번에 많은 양을 먹는다고 해서 금세 효과가 나타나지 않는다.

한의원에 가면 보통 보약 한 제를 짓는다. 탕약 스무 첩이 한 제다.

대한민국 한바퀴 완주 후 환영 나온 가족들과 함께.

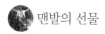 맨발의 선물

아침 저녁으로 두 번씩 복용하기 때문에 스무 첩은 열흘 복용할 분량이다. 즉 보약은 열흘 이상 꾸준히 복용해야 효과가 있다. 마라톤도 똑같다. 평소 꾸준히 훈련하지 않으면 완주하기 어렵고, 일단 출발했으면 속도보다도 꾸준한 레이스가 중요하다.

나는 마라톤을 하늘이 주신 보약이라고 생각한다. 내 의지대로 뛸 수 있는 것만으로도 축복이다. 그러나 달리고 싶어도 달릴 수 없는 사람들이 있다. 나는 늘 그분들에게 미안한 마음을 가지고 있다. 특히 지체장애인들은 달리고 싶어도 달릴 수 없다. 안타깝게도 그들은 하늘이 내린 축복을 누릴 수 없고, 하늘이 내린 보약을 먹을 수 없다. 우리는 모두 같은 길 위에 있는데, 혼자 좋은 보약을 먹는 것이 늘 안타까웠다. 일말의 부채의식 같은 게 마음 한켠에 있었다.

함께 달리는 것이 어렵다면 보약값이라도 보태자고 결심했다. 나는 그분들에게 응원의 마음을 담아 2020년부터 1킬로미터당 1만 원씩 적립하기로 했다. 이후 적립한 돈으로 휠체어 체중계나 전동운동기 등을 구입하여 장애인 복지단체에 기부하고 있다. 2021년 11월에는 그동안 적립한 7,000여만 원 중 5,072만 원을 장애인복지시설에 기부했다.

이번 도전에서도 나는 좀 더 의미 있는 일을 하고 싶었다. 선양소주는 대전과 세종, 충청지역에 기반을 두고 있으므로 서해 지역을 달릴 때 그동안 모은 적립금을 장애인단체에 전달하기로 했다.

고성을 출발한 지 82일차, 충남 보령 무창포해수욕장에 이르렀을 때 내가 달린 거리는 3,600킬로미터에 달했다. 나는 그곳에서 기다리고 있던 충남지체장애인협회 관계자들에게 3,600만 원을 전달했다.

모든 국민이 IMF 외환위기로 힘든 시기를 보내고 있던 1999년 9월에 나는 10억 원을 출연하여 장학재단을 만들고, 고향 함안에서 형편이 어려운 학생들에게 장학금을 지급하기 시작했다.

당시는 선양소주를 인수하기 전이었다. 마흔 살에 장학사업을 한다고 하니 주위에 놀라는 사람들이 많았다. 당시 나는 대구에서 IT사업으로 꽤 성공해 있었다.

선양소주를 인수한 이후에도 마음은 변함이 없었다. 그래서 2019년부터 '지역사랑 장학금 캠페인'을 시작했다. 소주 1병당 5원씩 적립하여 향후 10년간 40억 원을 기부하겠다는 목표를 세웠다. 다행히 적립 이후 11억 원이 넘는 장학금을 전달하고 있다.

하늘이 우리에게 내린 혜택이 있다면 함께 누리는 것이 도리고 배려다. 내가 몸담고 있는 선양소주 역시 고객들의 사랑 덕분에 운영되고 있다. 회사가 얻은 이익을 고객들에게 환원하는 것은 지극히 당연한 일이다. 함께 갈수록, 함께하는 사람이 많을수록 발걸음이 가볍다.

1킬로미터에 1만 원씩 적립하는 '보약' 통장(작은 사진).

PART 2
나는 아직도 달리고 싶다

대동여지도 대신
'대동RUN지도'

2023년 1월 26일, 나의 대장정은 끝이 났다. 총 거리 5,228킬로미터, 출발일로부터 421일, 하루 평균 45킬로미터를 달렸다. 1킬로미터당 평균 속도 5분 57초로 116일 동안 518시간 57분 59초 만에 대한민국 한바퀴를 돌았다.

그동안 대한민국의 국토경계를 돌면서 모든 구간의 거리, 경로 등을 상세히 기록했다. 나는 주요 거점 등이 표시된 지도와 일지, 날짜별 이동거리, 경로, 시간, 측정 방법이 기재된 문서, 그리고 제3자의 확인서, 사진, 영상, GPS 기록 내역 등을 한국기록원(KRI, Korea Record Institute) 기록검증서비스팀에 전달해 인증을 요청했다.

한국기록원은 내가 제출한 기록과 자료를 면밀히 검토한 뒤 '대한민국 국토경계 한바퀴 5,228킬로미터 국내 최초, 최단시간 완주'를 공식 기록으로 인증했다.

나의 도전기록이 공식적으로 등재되자 주변 친구들은 고산자 김정호의 '대동여지도'를 빗대 '대동런(RUN)지도'를 만들었다고 추켜세웠다. 김정호가 어떤 방법으로 높이 7미터, 가로 3미터 반에 이르는 거대한 지도를 만들었는지는 분명하지 않다. 일설에는 한반도를 세 번 돌고 백두산을 여덟 번이나 오르며 지도를 만들었다는 얘기가 전해오고 있다.

그것이 사실이라면 나의 기록은 새 발의 피에 지나지 않을 것이다. 당시에는 먼 거리를 이동할 수 있는 교통수단이 변변치 않았고, 측정 도구도 마땅치 않았다. 더구나 김정호는 경제적으로 형편이 좋지 않아 전 국토를 여행할 만큼 여유가 없었다. 그래도 나의 도전을 대동여지도와 비교하며 추켜세운 친구들이 고맙다.

영화 '포레스트 검프'가 떠오른다는 친구도 있었다. 톰 행크스가 연기한 주인공은 남들보다 조금 떨어지는 지능을 가졌다. 어느 날 또래들의 괴롭힘을 피해 도망치던 주인공은 누구보다 빨리 달릴 수 있는 자신의 재능을 알아차린다. 이후 파란만장한 삶을 이어가던 그는 첫사랑 제니가 갑자기 곁을 떠나자 삶의 의미를 잃고 무작정 달리기 시작한다. 그가 미국을 가로질러 달리기 시작하자 언론이 주목했고, 마침내 추종자들까지 나타나 그를 따라 달린다.

이 영화의 가장 인상 깊은 대사는 그가 병상에 누운 어머니와 나눈 대화다. 어머니가 세상을 떠나기 전, 병원을 찾은 그가 어머니에게 묻는다.

"제 운명은 뭐죠?"

PART 2
나는 아직도 달리고 싶다

어머니는 오랫동안 놀림을 받으며 살아온 아들을 바라보며 이렇게 대답한다.

"인생이란 초콜릿 상자 같은 거란다. 어떤 것이 걸릴지는 아무도 모르지."

상자 속의 초콜릿은 은박 포장지에 싸여 있다. 내가 고른 초콜릿은 작은 것일 수도 있고, 반쯤 뭉개진 것일 수도 있다. 무심코 집은 초콜릿이 어떤 것인지 알 수 없듯이 인생의 앞날을 정확히 예측할 수는 없다.

우리는 정해진 속도와 방향, 정해진 코스에 너무 익숙해 있다. 하지만 이미 정해진 길을 정해진 속도로 걷는다면 인생은 지루하고 재미없는 여정이 될 것이다.

미지의 세계를 향해 내딛는 발걸음, 매순간 설레며 내딛는 한 걸음이 세상을 살아가는 힘이 된다. '천리길도 한 걸음부터'라는 속담이 있다. 첫술에 배부른 사람은 없다. 한 걸음 한 걸음이 모여 천 리를 이룬다.

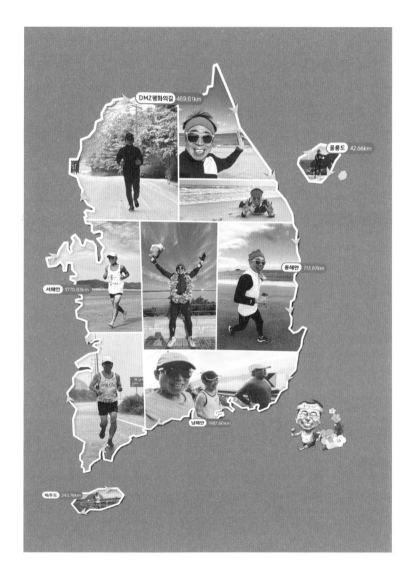

대한민국 국토경계 한바퀴 코스로 만든 '대동런지도'

PART 2
나는 아직도 달리고 싶다

나는
희망을 말하고 싶다

삼면이 바다로 둘러싸여 있는 우리나라는 참 아름답다. 제주도, 울릉도와 같은 섬들은 한 폭의 그림과 같다. 사계절 동안 이 아름다운 자연을 벗 삼아 뛰다 보니 외롭지 않았다.

달리는 동안 자연은 언제나 나한테 말을 걸어왔다. 남해안을 돌 때 봄이 왔다. 거제도의 동백꽃이, 통영을 뛸 때는 벚꽃들이 줄지어 서서 "조웅래, 너 고생했다" 하며 박수를 보내는 것만 같았다.

서해안에서 가을 맞았을 때 황금 들판의 벼들이 나를 위해 합창하는 것 같았고, 길가의 강아지풀들은 미소 띤 밝은 모습으로 나를 반겼다.

서해안은 모래사장이 좋아 일부러 맨발로 해변을 달렸다. 모래의 색깔과 촉감, 파도소리… 오감을 가득 채워주는 감동에 발걸음이 가벼웠다.

태안의 꽃지해수욕장을 달릴 때는 밀려오는 파도가 발의 피로를 씻어주었고, 낮게 나는 갈매기가 내 머리 위로 나란히 날았다. 이렇게 기막히게 아름다운 풍경 속을 달리고 있다는 게 얼마나 행복했는지… 그 귀중했던 시간들을 잊을 수 없다. 그날 사진을 나는 나의 인생컷으로 삼고 있다.

DMZ 부근을 달릴 때는 겨울 철새들이 친구였다. 큼직한 새들이 무리지어 논밭에 떨어져 있는 낱알을 열심히 쪼아대고 있다가 내가 달려가면 날개를 퍼덕이며 인사하는 것만 같았다. "와아, 아저씨 잘 달리세요!"

이렇듯 자연을 벗 삼아 뛰는 것은 나를 벅찬 충만감으로 가득 차게 해주었다. 단 한 차례 외로운 레이스를 한 적이 있었다. 세계에서 가장 긴 33.9킬로미터의 새만금 방조제를 달릴 때였다. 드넓은 담수호를 따라 뻗어 있는 길에는 아무런 그늘조차 없었다. 끝이 보이지 않는 방조제를 정말 고독하게 달렸다. 그러면서 새삼 다시 느꼈다. 자연은 위대한 친구구나.

116일차, 드디어 최종 피니시 지점을 향해 달리는 마지막 날이 다가왔다. 폐부를 찌르는 차가운 공기를 호흡하며 눈 덮인 도로를 달리는데 결승선이 다가올수록 힘이 더 솟구쳤다. 손가락만하게 보이던 사람들이 점점 더 가까워지고 있었다.

마침내 결승 테이프를 끊었다. 강원도 고성 통일전망대에 와 있던 가족과 회사 직원들이 환호하며 박수를 보내주었다. 살면서 받아보았던 박수 중에 가장 감동적인 박수갈채였다.

현장까지 찾아온 언론사에서 내게 물었다.

"도전에 성공하고 나니 무엇을 느끼셨나요?"

만감이 교차하는 레이스였다. 하지만 가장 첫째로 꼽아야 할 것은 세상에 '도전'과 '희망'의 메시지를 알렸다는 점이다.

60대 중반의 나이임에도 불구하고 전 국토 5,228킬로미터를 완주함으로써 누구든지 목표를 세우고 도전하면 이룰 수 있다는 희망을 보여주었다는 점은 가장 큰 보람이었다. 코로나 팬데믹으로 힘겨운 시기지만 나처럼 용기를 가지고 도전하면 반드시 희망을 찾을 수 있다는 메시지가 116일 동안 나를 꿋꿋하게 붙들어준 의지였다.

어떤 악조건 아래서도 나와의 약속을 어김없이 지켰다는 것, 가족과 회사 직원들을 비롯한 주변 사람들에게 도전 의지를 말 대신 행동으로 보여주었다는 것은 커다란 보람이었다.

두 번째로는 자신감이다. 겨울부터 봄, 여름, 가을, 다시 겨울이 지나는 동안 눈이 오나 비가 오나 한 주도 빠지지 않고 이틀 연속 90킬로미터 이상 달렸다. 예상치 못한 난관들이 튀어나와 길을 가로막았었다. 그러나 이 모든 걸 다 헤치고 끝까지 달려왔다. 어떤 시련이 닥치더라도 뭐든 못 이겨내겠나 하는 신념이 나를 단단하게 단련시켰다.

세 번째로는 혼자서도 잘 놀 수 있는 노후대책 하나 마련했다는 것이다. 혼자 뛰었지만 나는 외롭지 않았다. 자연을 벗 삼아 뛰었기 때문이다. 에코 힐링의 창시자로서 항상 자연을 생각했고 자연이 주

충남 태안의 꽃지해수욕장에서.

PART 2
나는 아직도 달리고 싶다

는 위로와 격려를 온몸으로 느끼며 달렸기 때문이다.

이렇게 대한민국 한바퀴를 국내 최초, 최단시간이란 기록으로 마치고 나자 "다음엔 무엇을 도전할 겁니까?"라는 질문을 많이 받았다. 대한민국 한바퀴를 자연을 벗 삼아 혼자서 뛰었는데 무엇을 못하겠나 하는 자신감이 있다.

이번에는 전국 호수를 다 뛰어볼까 하는 구상도 해본다. 소양호, 충주호, 대청호 같은 넓은 호수를 전부 돌아보는 것도 특별한 체험이 될 것 같다.

또는 유럽대륙을 마라톤으로 일주해볼까 하는 생각도 하고 있다. 자전거도로를 중심으로 유럽 전체를 처음으로 뛰어보면 좋겠다 하는 상상을 해본다.

그러면 언제 할 것이냐? 그건 내가 경로우대증을 받을 때 해야겠다고 생각중이다. 그때가 되면 내가 국가나 후손의 짐이 되는 나이가 되는 거니까 그때 새로운 도전을 시도하려는 것이다. 숫자만 많다고 어르신 소리를 듣는 건 싫다. 나이 불문하고 도전하고, 새로운 생각을 하는 게 젊은이다.

새로운 도전을 꿈꾸고, 끊임없이 도전하는 조웅래가 아무도 간 적 없는 새 길을 달리고 있다는 소식이 머지않아 여러분 귀에 들려올 것이다..

PART 3

맨발로 만난 사람들

최고의 약은 걷는 것이다.
— 히포크라테스

앞 사진 : 매년 5월 열리는 계족산 맨발축제(since 2007)

1. 황톳길에서 쓴 몸의 기록

맨발 열풍,
전국을 강타하다

2020년대에 들어서면서 '열풍'이라고 불러도 좋을 만한 라이프 트렌드가 전국을 강타했다. 맨발로는 집 앞 수퍼마켓에도 가지 않던 사람들이 갑자기 신발과 양말을 벗어 던지고 주변의 공원과 산, 해변으로 몰려들었다. 참으로 놀라운 일이었다. 불과 1~2년 사이에 벌어진 변화였다. 황톳길을 만들고 맨발 마라톤, 맨발축제 같은 행사를 하면서 '맨발 걷기 창시자'로 자처해온 나조차 당혹스러울 정도였다.

처음에는 주로 희소질환으로 고생하는 난치병 환자들이 맨발 걷기에 나섰지만 시간이 지나면서 실버세대 전체로 열풍이 옮겨갔다.

최근에는 환자만이 아니라 남녀노소 모두 맨발 걷기에 열광하고 있다. 왜 사람들은 갑자기 남의 시선에 아랑곳하지 않고 신발과 양말을 벗어 던진 것일까?

계족산 산길에 흙을 깔았던 2006년 당시에도 맨발 걷기에 관심을 가진 사람들은 더러 있었다. 하지만 몇몇 사람들이 경험담을 공유하며 정보를 교환했을 뿐 사회적 트렌드로 발전하지는 못했다. 그런데 왜 갑자기 맨발 걷기가 요원의 불길처럼 전국으로 번진 것일까?

이 열풍의 도화선이 무엇인지는 분명치 않다. 분명한 것은 2020년 하반기부터 맨발 걷기 효과를 소개하는 기사가 주요 일간지에 게재되기 시작했다는 사실이다. 2020년 9월부터 2022년까지 동아일보는 맨발 걷기 효과를 다룬 기사를 시리즈로 내보냈다. 그 중에는 내 이야기를 소개한 〈마라톤에 빠진 괴짜… 계족산에선 대통령보다 유명해요〉(2021. 7. 3)라는 제목의 기사가 포함되어 있다.

활활 타오르는 불길에 다시 한번 기름을 부은 것은 2023년 7월 KBS TV에서 방영된 〈생로병사의 비밀: 맨발로 걸으면 생기는 일〉이었다.

이 프로그램은 건강 개선이 필요한 연령대별 세 사람(40, 50, 60대)을 4주 동안 추적하여 몸에서 생기는 변화를 측정했다. 결과는 놀라웠다. 전체적으로 대사증후군 등 성인병을 나타내는 지표들이 호전되었고, 항산화 기능과 항암 면역력이 증가했다. 대상자 중에는 바이러스에 감염된 세포나 암세포를 죽이는 NK세포 활성도가 10~30배 증가한 사람도 있었다.

대중을 설득하는 것은 과학적 사실이 아니라 스토리다. 만일 신문·방송의 기사가 맨발 걷기 효과를 과학적으로 입증하는 데 중점을 두었다면 열풍은 불붙지 못했을 것이다. 사람들의 관심을 끈 것은 맨발 걷기를 통해 효과를 본 환자들의 생생한 경험담이었다. 특히 말기 암환자가 맨발 걷기를 하고 나서 완치되었다는 경험담은 암으로 고통받고 있는 환자들에게 기적 같은 스토리였다. 이런 이야기들이 입소문을 타게 되면서 대중의 관심이 폭발적으로 증가했다.

사람들은 맨발로 걸을 수 있는 곳이면 어디든 찾아 나섰다. 하지만 맨발로 걸을 수 있는 곳은 많지 않았다. 계족산 황톳길의 경우 전국적으로 널리 알려진 명소였지만, 다른 지역에 사는 사람들이 대전까지 자주 찾아오기는 힘들었다. 그래서 많은 사람들이 잘 정비된 공원 산책로를 찾아 맨발로 걸었다.

그러면서 곳곳에 동호회가 만들어지고, 기존에 활동하고 있던 모임에도 더 많은 사람들이 모여들었다. 말기 암이 나았다는 환자가 걸었다는 산은 금세 명소가 되었다. 또 도심의 공원이나 야트막한 뒷산, 아파트 근처의 둘레길에 '신발을 신은 사람보다 벗은 사람이 더

맨발축제에서 황토머드 체험.

맨발의 선물

많다'는 얘기가 들릴 정도로 사람들로 북적거렸다. 맨발로 등산하는 이들조차 심심찮게 눈에 띄었다.

이런 열풍이 불기 전에도 우리회사로 수없이 문의가 왔었다. 계족산을 벤치마킹 하려는 지자체들의 방문이 계속 이어지고 있다. 우리 회사가 황톳길 인프라를 만들고 관리해온 지 19년째이니 당연히 배워갈 것이 많을 테고, 우리는 그간 쌓아온 노하우를 아낌없이 제공해주고 있다.

계족산 황톳길을 만들고 관리해온 사람으로서 보람을 느낀다. 현재 전국에는 800여 곳의 크고 작은 황톳길이 있는데, 더 많은 사람들이 이용할 수 맨발길이 늘어나면 좋겠다.

회장님,
죽은 줄 알았어요!

멀쩡하게 살아 있는 사람을 가지고 '죽은 사람' 만들어서 황당했던 에피소드가 있다.

경북 안동에서 왔다는 일행들이 서로 다투면서 걸어가고 있었다. 그런데 가만히 들어보니 나를 두고 설전을 벌이고 있는 것이었다.

한 사람이 "그 사람 죽었어" 하고, 다른 사람이 "아니다. 살아 있다.

유튜브도 하더라" 하며 계속 실랑이했다.

나는 그 일행들을 추월해 걸으면서 빙긋이 웃음이 새어나왔다.

계족산에서는 나를 알아보는 사람이 꽤 많다. 더군다나 내가 늘 페도라 모자를 쓰고 다니기 때문에 모자만 딱 봐도 나라는 걸 금세 알아차린다. 온종일 수천 명이 걸어가도 페도라를 쓴 사람은 딱 한 사람밖에 없으니 나를 몰라보는 사람은 단순한 순례자일 가능성이 높다. 아마 안동 팀들도 첫 방문인 것 같았다.

오후에 숲속음악회 '뻔뻔한 클래식' 끝부분에 내가 나가서 인사하는 순서가 있다. 소개를 받고 무대에 서자 한쪽에서 경상도 사투리가 포르테로 튀어나왔다.

"거봐, 살아 있제~?"

주위 사람들이 다들 배꼽을 잡고 웃었다.

황톳길 초입 포토존에 나의 캐리커처 조형물이 세워져 있다. 막 길을 만들었을 때 화가가 그려준 그림인데 마치 내가 이웃집 할아버지처럼 그려져 있다.

그런데 황톳길 생긴 게 2006년이니까 그새 19년 세월이 흘렀으니 내가 늙어 죽었을 거라고 짐작하는 사람들이 '조회장, 죽었다'고 주장하는 것이다.

최근에 만난 중년 여성은 계족산에서 멀지 않은 곳에 거주하는 분

이었다. 그분은 근처에 살면서도 뒤늦게 맨발 걷기에 입문한 것을 후회했다.

"여긴 전국적으로 많은 사람들이 찾아오는 곳이잖아요. 저도 황톳길이 이렇게 좋은지 미처 몰랐어요. 유튜브 영상을 보다가 작년 12월부터 걷기 시작했는데 뭔가 다른 느낌이 오더라고요. 막상 맨발로 걸어보니까 잠도 잘 오고, 변비도 없어졌어요. 저는 갑상샘항진증을 오래 앓았어요. 느닷없이 피곤해지고 불안감이 엄습하곤 했죠. 약을 먹어도 효과가 없으니까 약을 아예 끊어버렸어요. 그런데 이곳에 오고 나서부터 약을 안 먹어도 몸이 달라지는 거예요. 저번에 병원에 가서 약을 안 먹었다고 했더니 의사 선생님이 깜짝 놀라더라고요. 약을 끊었는데도 아주 좋아졌다고."

그날 내가 걸었던 시간이 새벽 5시 반이었다. 여름이 다가오고 있어 어둡지는 않았지만 주변에 사람이 거의 없어 한적하고 고요했다. 그 시간에 여성 혼자 산을 찾는 것은 쉽지 않을 터였다.

"이 시간에는 혼자 오기가 무섭지 않으세요?"

"아까 선생님이 다가오길래 약간 겁이 나긴 했죠. 하지만 새벽에 나와도 무섭지 않아요. 너무 절실하니까요. 이젠 약을 먹지 않으려고요. 황톳길을 걸으면 뭔가 인생이 정리되는 느낌이 들어요. 인생을 정리해주는 길이라고 할까요? 그래서 이 길을 만들어준 선양소주 회장님이 정말 고마워요."

나는 모른 체하며 넌지시 물었다.

"그 사람이 어떤 사람입니까?"

"저도 이 근처에 사니까 오래전에 얘기를 들었어요. 엄청난 돈을 들여서 황토를 깐다는 게 이해가 안 됐거든요. 이렇게 좋다는 걸 알았으면 더 일찍 와서 운동을 시작했을 텐데 안타깝죠. 선양소주 회장님이 이 길을 만들었다는데 병 주고 약 주는 분이라고들 해요."

"그래요? 제가 병 주고 약 주는 바로 그 선양소주 회장입니다."

"어머어머, 죄송해요! 못 알아뵀네요. 연세가 무척 많을 거라고 생각했거든요."

미안해하는 그분한테 "그림보다 훨씬 젊지요?" 하면 "정말 그러네요" 하며 다같이 허리를 잡고 웃곤 한다.

이분만 그런 게 아니라 열이면 열 사람 다 내가 할아버지인 줄 안다. 실제로 할아버지인 것은 맞다. 하지만 황톳길 초입에 있는 내 캐리커처를 본 사람들은 이 길을 만든 조 회장이 꼬부랑 노인이거나 이미 저세상 사람일 거라고 추측한다. 캐리커처 얼굴이 늙수그레하니까 그렇게 생각할만도 하다.

황톳길 초입의 캐리커처 조형물과 저자.

PART 3
맨발로 만난 사람들

숲의 선물,
에코 힐링

새벽 일찍 황톳길을 찾는 사람들이 점점 늘고 있다. 맨발 걷기가 건강에 좋다는 소문이 퍼지면서 시간을 내기 어려운 직장인들이 새벽 시간을 이용하는 경우가 많아졌기 때문이다. 그래도 아직은 젊은 사람들보다 중장년층 이상이 많이 찾는다. 대전에 사는 54세 여성도 그런 사람 중 하나다.

"저도 황톳길이 만들어진 초기부터 이곳을 알았거든요. 그때는 직장 때문에 엄두도 내지 못하다가 가끔 운동 삼아 걸었어요. 그때만 해도 맨발로 걷는 분들이 별로 없었죠. 그런데 어느 날 맨발로 걷고 집에 왔는데 온몸이 막 화끈거리는 거예요. 원래 제 몸이 차가운 편이거든요. 그날 이후 이상하게 기분이 좋아서 계속 찾게 되었어요."

그녀는 아침에 출근해서 저녁 늦게 귀가하기 때문에 주말밖에 시간을 낼 수 없었다. 하지만 주부로서 엄마 역할도 해야 하기 때문에 주말조차 시간을 내기가 쉽지 않았다. 그래서 생각한 것이 출근 전에 걷는 것이었다.

처음에는 어두컴컴한 새벽에 걷는 것이 약간 무섭기도 했지만 이른 시간에도 이곳을 찾은 사람들이 적지 않다는 사실을 알게 되면서 무서움이 사라졌다고 한다. 놀라운 것은 처음 며칠을 걷고 나서 체중에 변화가 왔다는 것. 본인은 본래 살이 안 빠지는 체질이었다.

"특별히 아픈 곳은 없었어요. 하지만 갱년기 증상 때문인지 우울증이 있었나 봐요. 그런데 이곳에 오고 나서부터 마음이 너무 편해진 거예요. 온갖 집착을 내려놓게 되고, 내가 참 행복한 사람이구나 하는 생각이 들었죠. 황톳길을 걷는 시간만큼은 제가 저에게 주는 선물이에요."

그녀는 새벽에 차분하게 걷는 시간이 지난 일을 돌아보거나 하루를 준비하는 시간이라고 했다. 가족과 주변 사람들을 다시금 살펴보면서 감사한 마음을 갖게 되었고, 부질없는 집착도 많이 내려놓았다고 했다.

"이젠 많은 여유가 생겼어요. 많이 걸어도 피곤하지 않아요. 여기 오면 왕복 12킬로미터쯤 걸어요. 아들이 둘인데 이제는 다 커서 스스로 알아서 하니까 옛날처럼 바쁘지 않아요. 이제부터 제 마음을 치유하는 선물을 즐길 시간이에요. 제가 저에게 주는 가장 소중한 선물이죠."

맨발 걷기 효과에 대해서 맹신하는 것은 금물이지만 이처럼 여러분들이 다양한 체험을 토로한다.

계족산 숲길은 연녹색 터널이다. 그 호젓한 길로 걸어가면 어머니

맨발의 선물

eco_healing

자연 속에서 몸과 마음을 치유하고
행복한 삶을 추구하자는 에코 힐링 심볼마크.
지구촌에 물고기(위), 사람(중간), 새(아래)의 모습을 상징한다.

PART 3
맨발로 만난 사람들

품에 안기는 것 같은 기분이 든다. 더욱이 새벽이면 더 아늑해서 마음이 편안해진다.

계족산은 청정지역이다. 도심인데도 도시 소음이 하나도 들리지 않는다. 새소리, 물소리뿐이다. 다람쥐가 참 많고, 여름과 가을엔 늦반딧불이를 볼 수 있다. 운동도 운동이지만 청정자연 속에서 명상하며 힐링하는 것이 바로 에코 힐링이고, 이것은 자연이 우리에게 베푸는 선물이다.

내가 만난
맨발의 사연들

나는 운동을 나갈 때마다 액션 카메라를 챙긴다. 황톳길에서 만나는 사람들을 수시로 인터뷰하고, 그날그날 마주치는 멋진 영상들을 담기 위해서다.

대한민국 한바퀴 마라톤 때에도 들고 달렸다. 영상을 본 분들은 어떻게 달리면서 중계방송하듯 말하고 영상을 찍느냐고 하는데 나는 전혀 문제가 없다. 처음엔 거추장스러웠는데 나중에는 액션캠이 내 몸의 일부처럼 되었다.

내가 유튜브를 한 지는 오래되었지만 본격적으로 한 지는 1년 남

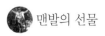
맨발의 선물

짓 되었다. 유튜브 채널 이름은 〈몸이 답이다〉이다.

내가 계족산 황톳길에서 만나 액션캠으로 찍으며 이야기를 주고받은 사람만 130명 정도 된다. 물론 사전에 약속하고 만난 사람은 단 한 사람도 없다. 전부 다 걷다가 우연히 만난 분들이다. 19년째 다니다 보니 낯익은 얼굴들이 많은 편이라 오가며 서로 인사를 나누면서 지낸다.

걷다가 아는 분을 보면 내가 먼저 "얼굴색이 좋아지셨다" "저번에 병원에 다녀오신다고 했는데 어떠시냐?" 하고 물으면 밀린 이야기가 시작된다. 심지어 휴대폰이 저장해둔 검사 사진이나 내시경 사진 같은 것도 허물없이 보여주며 그간의 경과를 자세히 설명한다.

맨발 걷기를 하면서 몸이 변화하는 걸 느끼니까 그 기쁨을 나에게 알리고 싶은 거다. 또 내가 소위 맨발 전문가라고 하는 사람들하고 다르다는 것을 아니까 더 나를 믿고 얘기한다.

사실, 최근 맨발 걷기가 너무 이상하게 흘러가는 경향이 있다. '이건 아닌데…' 하는 탄식이 절로 나온다. 딱 한마디로 정리하면, 맨발 걷기는 만병통치약이 아니다. 맨발 걷기가 암세포를 죽여 없앨 수는 없는 일이다. 맨발 걷기는 운동, 그 자체일 뿐이다.

다만, 자연과 함께 좋은 공기를 마시면서 걷고, 희망의 끈을 붙잡고 체력을 기르기 위해 노력하니까 의외의 부수적인 효과를 거둘 수는 있다. 그리고 숲길을 걸으며 힐링하는 시간을 가지니까 에코 힐링, 즉 자연치유 효과가 나타나는 것이라고 나는 믿는다.

개인의 건강은 민감한 정보이고, 섣불리 얼굴을 노출할 수도 없어서 대화하는 내내 맨발과 황톳길만 찍는다. 하지만 얼굴을 공개해도 좋다고 하는 분들도 있다. 자신과 같은 처지에 있는 이들에게 도움을 주고 싶은 마음에 자신을 드러내는 데 주저하지 않는다.

〈몸이 답이다〉는 구독자 수에 비해 조회 수가 많은 게 특징이다. 또, 공유하는 횟수가 많은 것도 퍽 의미가 있다. 영상을 본 사람들이 다른 SNS에 링크한다는 것은 내용이 유익하다는 반증이기 때문에 좋은 현상이라고 본다.

재미있는 얘기는, 내가 연예인 기질이 있다는 소리다. 어떤 사람은 국민MC 유재석 씨보다 더 잘한다고 추켜세운다. 유재석 씨는 대본을 가지고 하지만 나는 대본 없이 하는 거니까 더 낫다는 거다. 상대방의 속 깊은 이야기를 어떻게 자연스럽게 끌어내느냐고 너스레를 떨기도 한다.

내가 황톳길에서 만난 분들은 모두 진솔하다. 가슴속에 담아 두었던 이야기를 하고 나니 힐링이 된다고 말하는 사람도 꽤 있다. 그리고 자신의 경험이 같은 병으로 고통받는 환자들에게도 도움이 된다고 생각해 진심으로 대화한다.

맨발의 선물

2. 맨발 걷기, 정말 효과가 있을까?

맨발이
이상하다

주변 사람들이 붙여준 내 별명 중 하나는 '누드족장'이다. '족'은 무리를 뜻하는 족族이 아니라 발足을 뜻한다. 2006년 계족산에서 열린 첫 맨발마라톤대회를 보도한 오마이뉴스 기사에서 맨발을 '누드족足'이라고 표현한 데서 유래한 이름이었다.

맨발 걷기 초창기에 누드족들은 악수 대신에 발바닥을 대고 인사할 만큼 맨발에 진심인 사람들이었다. 맨발로 걷거나 뛰는 사람들이 늘어나고 계족산에서 누드족 행사를 자주 여니까 나를 '누드족장'이라고 부르는 모양이었다.

나는 맨발을 사랑한다. 나를 소개하는 언론 기사에는 대개 나의 맨발 사진이 함께 실려 있다. 자랑스럽게 발바닥을 내보이는 사진들이다. 남들은 부끄러워 감추려고 할지 모르지만 나에게는 동네방네 드러내 놓고 뽐내고 싶은 둘도 없는 친구이자 파트너다.

지자체나 대학, 기업에 가서 강연하다 보면 청중들로부터 매번 받는 질문이 있다.

"맨발로 걸으면 신발을 신고 걷는 것보다 건강에 더 좋습니까?"

"정말 암을 치유할 수 있나요?"

"병이 낫는다고 하는데 과학적 근거는 있습니까?"

인터넷이나 유튜브에서 검색해보면 맨발로 걸었을 때 나타나는 효과가 어마어마하다. 가벼운 질환부터 암이나 뇌졸중 같은 중증질환에 효과가 있다고 소개한다.

나는 의사가 아니기 때문에 맨발로 걸으면 '암이 치유된다'거나 '서 있기만 해도 접지(earthing) 효과가 있다'는 말에 대해서는 잘 모른다고 답할 수밖에 없다.

그렇지만 한 가지 확실한 건, 내가 걸어 보니 좋았고 다른 사람들도 비슷한 경험을 했거나 오늘도 하고 있다는 사실이다. 내가 황톳길에서 인터뷰한 사람들 중에는 암 환자들이 꽤 많다. 이들 중에는 맨발로 걸은 다음부터 상태가 상당히 호전되었다고 하는 분들이 많다.

가장 최근에 인터뷰한 여성은 난소암 말기 진단을 받았는데 점차 여러 장기로 전이되어 병원서 가망이 없다던 분이다. 난소암 말기의 생존율이 1퍼센트밖에 안 된다는데 그녀는 5년째 긍정적인 마인드로 밝게 생활하고 있다. 자신이 1퍼센트 안에 든 것은 황톳길이 준 기적이라고 믿고 있다. 〈몸이 답이다〉에 그대로 나와 있다.

개인적인 경험이다. 맨발 걷기 효과니 어싱이니 하는 것은 일반화될 수 없는 특별한 사례들이다.

그러나 내가 계족산에서 만난 분들 중에는 기적 같은 경험을 한 이들이 적지 않다. 암 치유에 효과가 있는지 없는지를 떠나서 맨발은 자연에 좀더 가까이 다가갈 수 있는 방법 중 하나다. 우리가 신발을 신는 것은 충격을 흡수하고, 발을 보호하기 위해서다. 그럼에도 맨발로 걸으면 신발을 신고 걸을 때 느낄 수 없었던 자유와 해방감을 만끽할 수 있다. 신발을 벗어 던지고 맨발로 걸으면 왠지 자연과 하나되는 것을 느낀다.

하지만 맨발 걷기가 과장되고 기적의 치유라는 이상한 방향으로 치닫는 현상은 바람직하지 않다고 본다. 맹신은 금물이다.

내가 추구하는 것은 맨발 걷기 자체가 아니라 '에코 힐링'이다. 맨발 걷기는 큰 틀에서 에코 힐링의 일부라고 할 수 있다.

AFP통신에서 맨발축제를 전 세계에 알린 사진(2008).

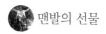 맨발의 선물

발바닥에
뭐가 있길래

한쪽 발은 26개의 뼈, 33개의 관절, 19개의 근육, 107개의 인대로 구성되어 있다. 이런 구성물들은 몸무게를 지탱하고 중력을 분산시키며, 감각 시스템과 결합하여 몸의 균형과 움직임을 제어한다. 이 기능을 무리 없이 수행하기 위해 발바닥은 작은 아치 형태로 되어 있다. 발에는 신경이 집결된 반사구가 가장 많이 분포하고 있어 신체 각 부위와 밀접한 상관관계를 맺는다.

그러므로 발을 자극하는 것은 우리 몸의 각 기관을 만져주는 것과 같다. 발 마사지를 하면 온몸이 개운해지는 느낌이 드는 것은 이 때문이다. 발은 우리 몸에서 가장 먼저 피로를 느끼는 부위이기도 하다. 장거리를 걷거나 오랜 시간 일할 때 가장 먼저 발에 신호가 온다. 그래서 발을 '제2의 심장'이라고 부르는 사람도 있다.

우리 몸에서 가장 중요한 장기를 두 가지 꼽으라면 뇌와 심장일 것이다. 그런데 발은 뇌와 심장에서 가장 멀리 떨어져 있다. 심장에서 멀기 때문에 혈액순환이 쉽지 않고, 이로 인해 노폐물이 쌓여 질병에 걸리기 쉽다. 심장에서 발까지 내려간 혈액은 다시 심장으로 올라와야 한다. 이때 발가락 사이에 있는 근육의 힘이 얼마나 좋은가에 따라 혈액이 심장까지 잘 올라올 수도 있고 그렇지 못할 수도 있다. 발가락 사이에 있는 미세한 근육들의 상태가 뇌와 심장의 건강에도 영향을 미치는 것이다.

발을 건강하게 유지하려면 적당한 자극을 통해 혈액순환을 원활하게 해줘야 한다. 가장 손쉬운 방법은 '지압'이다. 맨발 걷기는 손으로 지압하는 것과 동일한 효과를 준다. 맨발로 걸으면 지표면에 있는 모래나 나뭇잎, 열매 등이 발바닥과 마찰하면서 발바닥에 분포된 신경 말단을 눌러준다. 발바닥 자극은 내부 장기를 비롯하여 모든 신체 기관에 긍정적인 영향을 미친다. 발의 뼈, 근육, 인대가 골고루 강화되어 전신의 감각과 기능 강화에 도움을 주는 것이다.

맨발로 걸으면 발의 감각과 근육이 발달하여 걸음걸이가 교정되고 신체 발달에도 도움을 준다. 발바닥에 모여 있는 신경 말단을 자극함으로써 몸의 위치와 움직임에 대한 감각이 향상된다.

실내에서도 맨발로 걸을 수 있지만 사람들이 야외에서 하는 이유는 지압 효과 때문이다. 하지만 맨발 걷기는 단순한 지압 효과를 넘어 에코 힐링의 극치를 보여준다. 나무와 흙, 자연의 향기 속에서 맨발로 걸으면 온몸의 근육이 이완되며 기분 좋게 여유를 즐길 수 있다.

접지효과,
지구와의 스킨십

2012년 12월, 학술지 〈환경공중보건(Environ Public Health)〉에 '접지: 인체와 지구 표면에 있는 전자의 연결이 건강에 미치는 영향'이라는 흥미로운 논문이 실렸다.

이 논문은 지구 표면에 자유전자가 무한하다는 전제에서 출발한다. 지구 표면은 사막 같은 일부 지역을 제외하면 전기적으로 전도성을 가지고 있는데, 지구와 직접적인 접촉을 통해 몸으로 자유전자를 흡수할 수 있다는 것이다. 그럼으로써 자유전자의 유입이 급성 및 만성 염증을 감소시키는 역할을 한다는 요지다.

논문이 발표된 후 '어싱(earthing)'이라 불리는 접지효과가 맨발 걷기를 하는 사람들 사이에 빠르게 전파되었다. 접지는 지구 표면의 전자와 직접 접촉하는 것을 의미한다. 일반적으로 맨발로 걷는 것을 의미하지만, 맨땅 위에서 쉬거나 잠을 자는 것도 접지에 포함된다. 논문은 맨발 걷기에 대한 다양한 연구들도 함께 소개했는데 접지가 통증 감소, 수면 개선, 자율신경계 안정, 스트레스 해소, 면역력 강화, 혈액순환 개선, 혈당 조절 등 여러 생리학적 변화를 유도한다는 것이다.

우리 몸은 근육, 힘줄, 연골, 혈관, 신경이 거미줄처럼 연결되어 있는데, 이들이 연결된 부위에는 전자가 흐른다. 땅과 접촉하여 자유전자를 흡수하지 못하면 몸이 제대로 작동하지 않는다고 한다.

그런데 오늘날 우리가 살아가는 도시의 지표면은 콘크리트로 뒤덮이고, 신발을 신은 채 걸어 다님으로써 지표면에 존재하는 전자와의 교류가 거의 차단되었다. 이 때문에 많은 사람들이 갖가지 질병과 통증에 시달린다는 것이다.

접지효과를 확신하는 사람들은 여기서 한 걸음 더 나아간다. 이들은 맨발로 땅을 딛는 순간 우리 몸에 흐르는 양전하가 지표면의 음전하와 만나 중성화되면서 활성산소가 빠져나간다고 말한다. 활성산소는 노화를 일으키는 중요한 원인 중 하나다. 하지만 접지 이론은 과학적으로 검증되지 않았고, 학계에서도 인정받지 못하고 있는 것으로 알고 있다.

최근 들어 바닷가 맨발 걷기가 붐이다. 이를 슈퍼 어싱(super earthing)이라고 부르며, 전국적으로 걷기 좋은 해변과 해수욕장이 명소로 떠오르고 있다. 인천, 부산, 강릉, 울진, 고흥, 서산, 태안 등의 해수욕장, 제주 해변 올레길 등이 인기를 끌고 있다. 이 역시 크게 보면 에코 힐링의 한 범주라고 본다.

맨발 걷기로
얻을 수 있는 건강효과

맨발 걷기 효과로 알려진 것들은 셀 수 없을 정도로 많다. 그중에는 의학적으로 검증된 것도 있고, 소문으로 구전되는 것들도 있다. 의학적으로 검증된 건강효과는 대부분 지압효과로 인한 것이지만, 자연과 함께하면서 얻는 심리적 안정효과도 매우 크다.

의학적으로 검증된 효과 중 대표적인 것 몇 가지를 소개하면 다음과 같다.

첫째, 혈액순환 촉진. 발은 심장에서 가장 멀리 떨어져 있기 때문에 다른 신체부위에 비해 혈액순환이 쉽지 않고, 노폐물이 쌓이기 쉬워 각종 질병의 원인이 될 수 있다. 맨발로 걸으면 발에 있는 신경반사구, 림프체계, 신경말단 등이 자연스럽게 자극되면서 혈액 순환이 촉진된다. 또 균형을 잡기 위해 발 주변의 다양한 근육을 많이 사용하는 것도 혈액순환을 돕는다.

둘째, 고유감각 향상. 고유감각은 몸의 자세, 평형, 방향, 위치 등에 대한 감각을 말한다. 나이가 들면 고유감각이 떨어지는데, 이 감각을 기르면 몸이 균형을 잃어도 반사적으로 대처할 수 있다. 고유감각과 하지 근력을 향상시키면 실족이나 낙상 등으로 인한 부상을 예방할 수 있다.

셋째, 근육 강화. 맨발 걷기로 얻을 수 있는 효과 중에서 근육 강화는 가장 확실하게 증명되었다. 신발을 신고 걸으면 늘 사용하던 근육만 사용하지만 맨발로 걸으면 몸의 균형을 유지하기 위해 발 전체의 근육을 사용하게 된다. 이 때문에 발 근육의 운동량도 훨씬 많아진다. 또 발뒤꿈치 통증을 유발하는 족저근막염의 발병률도 낮아진다.

넷째, 스트레스 감소와 심리적 안정. 개인적인 경험에 비추어보면 심리적 효과가 가장 두드러지는 것 같다. 대개 맨발로 걷는 곳은 숲속이나 흙이 덮인 길이다. 맨발이 아니더라도 숲을 산책하는 것만으로도 불안감이나 우울증이 완화되고 스트레스호르몬이 감소한다는 연구 결과가 많다. 숲을 걸으면 시각, 청각, 후각 등 오감이 살아 움직이는 듯한 기분이 든다. 더구나 맑은 공기를 마시며 햇볕을 쬐면 행복 호르몬이라 불리는 세로토닌 분비도 촉진된다. 맨발이 주는 해방감은 경직된 근육을 풀어주고 마음까지 여유롭게 이완시킨다.

다섯째, 수면 효과. 맨발 걷기가 깊은 수면을 취하는 데 도움이 된다는 것은 굳이 학술적 연구를 거론하지 않더라도 주변 사람들이 한결같이 경험한 것이다. 맨발 걷기는 수면 호르몬인 멜라토닌 분비를 촉진하여 숙면을 취할 수 있게 한다. 심리적으로 안정되는 진정효과 역시 숙면을 돕는다.

여섯째, 다이어트 효과. 당연한 이야기지만 신발을 신고 걷는 것보다 맨발로 걸을 때 체중감량 효과가 더 크다. 맨발로 걸으면 근육을 더 많이 사용함으로써 더 많은 칼로리를 소모하기 때문이다.

그 외에도 맨발 걷기는 통증을 완화하고, 혈압을 조절하며, 면역력을 높이는 데도 효과가 있는 것으로 알려졌다. NK세포 활성도를 높여 면역력을 강화함으로써 암 치유에 효과가 있다는 증거들도 제시된다. 당뇨, 심혈관 질환, 고혈압 등 성인병 예방에도 도움이 되는 것으로 알려져 있다. 그러나 앞에 열거한 효과들은 대부분 신발을 신고 걸어도 부분적으로 얻을 수 있는 효과들이다.

의학적 판단과 관계없이 나는 맨발 걷기가 건강에 유익하다는 믿음을 가지고 있다. 신발을 벗으면 마음부터 편안하고 정신이 맑아진다. 숲속을 걸으면 심리적으로 안정되고 오감이 살아 움직이므로 하늘과 숲, 바람과 새소리 같은 것을 온몸으로 느낄 수 있다. 또 시름과 집착에서 벗어나 좋은 생각에 빠져 자유로운 영혼이 된다.

맨발로 자연과 만나는 것 자체가 지금까지 겪어보지 못한 정신적 경험을 제공한다. 자연은 위대한 친구이자 응원군이다.

맨발로 걸을 때
주의해야 할 점들

신발 신고 걷는 것과 벗고 걷는 것은 차이가 있다. 당연히 충격 흡수가 되느냐 안 되느냐에 큰 차이가 있다. 그래서 맨발로 걸으면 무릎이나 발목 등에 통증이 올 수 있다. 또한 맨발로 걸으면 평소 쓰지 않던 근육을 쓰게 되므로 종아리 근육을 잘 풀어주어야 한다.

위험과 후유증 예방을 위해 몇 가지 주의가 필요하다.

첫째, 모든 운동과 마찬가지로 맨발 걷기 또한 준비운동과 마무리 운동이 필요하다. 맨발로 땅을 걷기 때문에 체중을 안정적으로 지지하지 못하는 경우가 많다. 운동 전후에 충분히 스트레칭을 한다.

둘째, 혹한기에는 어떻게 하면 좋은가? 참 많은 질문을 받는 문제인데, 추운 겨울철엔 조심하되 나는 이런 방법으로 걷는다. 기온이 5도 이상일 때 양지 바른 쪽을 찾아 지그재그로 걷는다. 처음엔 차가운데 걸을수록 열이 나서 괜찮다.

또, 발등을 따뜻하게 해서 걷는 사람들도 있다. 에어로빅 발토시를 이용하는 경우도 있다. 내 유튜브에 나온 분 중에는 어그부츠 밑창을 잘라내고 걷는 마니아가 있다. 이 동영상은 조회 수가 엄청 높을 만큼 인기가 있다.

심지어 눈 위를 걷는 분들도 있는데, 혹한기에는 땅이 얼어 있어 동상을 입을 위험이 있다. 땅이 차갑고 딱딱하기 때문에 혈액순환에 문제가 생길 수도 있으므로 주의를 요한다.

셋째, 맨발 걷기를 위해 조성되어 있는 길을 걷는다. 따로 준비된 길이 없다면 공원 산책로처럼 잘 정비된 길을 걷는 게 좋다.

넷째, 부상을 조심한다. 항상 1~2미터쯤 전방을 주시하고 걸어야 땅에 박힌 돌이나 가시 등을 피할 수 있다. 발에 상처가 있으면 세균이나 기생충에 감염될 수 있다. 사전에 파상풍 예방접종을 하는 것도 좋은 방법이다. 10년 간격으로 한 번만 맞으면 된다.

오랫동안 맨발로 걷다 보면 감각이 무뎌져 작은 상처를 자각하지 못하는 경우도 있다. 걷기를 마치고 나면 발에 상처가 생기지 않았는지 확인한다. 상처가 생겼다면 재빨리 소독하고 상처가 나을 때까지 맨발 걷기를 삼가야 한다.

다섯째, 맨발 걷기를 하지 않아야 할 사람들이 있다. 먼저 발에 질환이 있거나 부상이 있다면 완치될 때까지 기다리는 것이 좋다. 당뇨 환자는 감각이 떨어져 상처를 입어도 알아채지 못할 수 있으며, 상처가 나면 치료가 어려울 수 있다. 따라서 당뇨가 심한 사람은 특별히 조심해야 한다.

고령자의 경우 발 근육이 매우 약한 상태이므로 처음부터 무리하지 말고 조금씩 걷는 거리를 늘리는 게 안전하다. 갑자기 맨발로 오래 걸으면 뼈와 관절, 발바닥 근육에 무리가 갈 수 있다.

과유불급이라고 지나치면 문제가 생기기 마련이다. 빨리, 많이 걷는 것이 항상 최선이 아니다.

3. 절망 끝에서 찾은 희망

황톳길 옆
맨발살이

내가 계족산 황톳길에서 만난 사람들 중 인상 깊었던 것은 '맨발살이'를 하는 분들이다. '맨발살이'라는 말은 내가 지어낸 말이다. 다른 지역에 사는데 맨발 걷기를 위해 아예 대전으로 이주한 사람들을 뜻한다. 이들은 몇 달간, 혹은 몇 주간 기한을 정해 황톳길 주변에 방을 얻어 생활한다.

인천에 살던 70대 노부부는 대전으로 이사한 후 매일 황톳길을 찾아 맨발로 걷고 있다. 족저근막염 외에는 특별한 질환이 없었지만 오랫동안 자질구레한 잔병치레에 시달렸다. 그런데 황톳길을 걷고 나서 지긋지긋한 잔병들이 한 달 만에 사라졌다고 한다.

담도암으로 투병 중인 54세 여성도 황톳길 근처에 민박을 얻어 생활하고 있었다. 그녀는 암을 수술한 후 완치 판정을 받고 안도의 한숨을 내쉬고 있었다. 그런데 6개월이 지난 후 암이 재발했을 뿐 아니라 다른 장기로 전이되었다는 청천벽력 같은 소식을 들었다. 이후 마약성 진통제를 투여하며 지독한 통증을 견뎠다. 나와 인터뷰했을 때 그녀는 대전에 머물며 50일째 황톳길을 걷는 중이었다. 그녀는 황톳길을 걷고 나서 진통제를 끊었다고 한다. 그러면서 내게 한 말이 아직도 귀에 생생하게 남아 있다.

"여긴 생명의 길입니다. 이 황톳길이 의사 천 명의 역할을 하고 있어요."

경남 진주에서 올라와 맨발살이를 시작한 지 두 달이 되었다는 80세 남성은 녹내장으로 오른쪽 눈이 거의 실명한 상태였고, 왼쪽 눈도 서서히 시력을 잃어가고 있었다. 본래 시력에서 30%까지 저하되자 맨발 걷기를 결심하고 진주를 떠나 대전에 거처를 정했다. 숙소를 정한 후 다음날부터 황톳길에서 맨발 걷기를 시작했는데 놀라운 일이 일어났다. 한 달을 걷고 나자 왼쪽 눈의 시력이 80% 이상 회복된 것이다. 죽는 날까지 앞을 보지 못할 수도 있다는 절망은 곧 희망으로 바뀌었다. 이제는 오른쪽 눈도 시력을 회복할 수 있다는 희망을 가지고 열심히 황톳길을 걷고 있다.

대구에서 온 한 여성은 건강이 좋지 않은 아들과 함께 대전을 찾았다. 막상 와서 황톳길을 체험한 사람들로부터 맨발 걷기 효과를 확인하고는 방을 잡아 눌러앉았다.

2023년 10월에 대전으로 이사했다는 중년 여성은 위암을 앓다가 대장으로 암이 전이된 상태였다. 그녀는 고3 학생인 딸을 서울에 남겨 둔 채 지푸라기라도 잡는 심정으로 황톳길 근처로 이사했다. 딸이 대입 시험을 앞두고 있는데 곁에서 도와주지 못하는 엄마의 심정이 어땠을까? 아마 그녀는 자신의 고통보다 딸을 지켜주지 못한 것에 더 마음이 아팠을 것이다.

장기간 맨발살이를 하지 않더라도 며칠씩 머물며 운동하는 사람도 있다. 경기도 화성에 산다는 한 여성은 가끔 황톳길을 찾아 2박3일 혹은 5박6일간 머물다 간다. 췌장암 4기 판정을 받은 그녀는 수술을 포기하고 항암치료만 아홉 번째라고 한다. 나와 인터뷰를 한 다음 주에 검진이 있다고 했다. 그녀는 몇 개월 전만 해도 몸이 아프고 피곤하여 하루종일 누울 생각만 했는데 맨발 걷기를 하고 나서 일상이 완전히 바뀌었다. 이곳에 오면 하루 4~5시간씩 걸을 만큼 체력이 생기고 삶에 생기가 돈다고 한다.

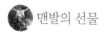 맨발의 선물

아침에 일어나
갈 곳이 있다는 것

암 환자들은 몸과 마음이 늘 위축되어 있다. 사람들 앞에 나서기를 꺼리기 때문에 바깥 활동보다는 집에 있으려 한다. 하지만 집에 있으면 불안과 초조, 무기력증으로 건강이 더 악화되는 경우가 많다. 그래서 아침에 일어나서 갈 곳이 있다는 것은 너무 좋더라고 말한다.

황톳길에서 만난 암 환자 중에서 가장 기억에 남는 한 사람이 있다. 올 3월, 대구에서 대전으로 이사한 여성 환자였다. 그녀는 20일째 황톳길을 걷고 있었다. 처음엔 담도암 진단을 받았는데 암세포가 담낭과 폐로 잇따라 전이되었다. 담낭을 수술한 후 항암치료를 열두 차례나 받았다. 이제 어떤 희망도 없어 보였다.

"마지막으로 맨발 걷기라도 해보자고 마음먹었어요. 이곳으로 이사하고 나니까 마음은 많이 안정되었습니다. 마지막이라는 생각에 더 이상 두려울 것도 없어졌고요. 사실 암 환자는 아침에 일어나도 할 게 없어요. 그런데 여기에 오니까 할 일이 생기더라고요. 자리에서 일어나 간단하게 아침 밥을 챙겨먹고 낮에 먹을 간식까지 준비해서 황톳길로 옵니다. 하루종일 걷다가 쉬기를 반복하고 오후 4시쯤 숙소로 돌아가요. 몸을 씻은 후 저녁을 먹고 자리에 누우면 숙면을 취합니다."

　그녀는 이곳에 오면 그냥 좋다고 했다. 사람을 만나서 이야기할 수
있으니까 외로움도 잊을 수 있다. 황톳길에 발을 디디는 순간 '오늘
도 좋은 기운을 받아가겠구나' 하는 생각에 마음이 평안하다.

　"물론 얼마나 살까? 하는 회의도 들지요. 그래도 맨발 걷기를 하고
효과를 보았다는 이야기를 많이 들으니까 희망이 생겼어요. 아침에
눈을 떠서 어딘가 갈 곳이 있다는 게 이렇게 소중한 것인지 예전에는
미처 몰랐어요. 그동안 무신경하게 지났던 순간들이 얼마나 소중한
지 깨닫게 되더군요. 그래서 회장님께 고마워요. 마지막까지 붙잡을
곳은 여기밖에 없다는 생각이 들거든요. 다음 달에 CT 촬영을 합니
다. 아직은 희망의 끈을 놓지 않으려고요."

　이곳 계족산에는 마지막 희망의 끈을 붙잡고 절박한 마음으로 걷
는 이들이 참 많다. 열두 차례나 항암치료를 받으며 감내했을 고통을
생각하면 마음이 울컥해진다. 그렇지만 환자의 몸으로 아침에 도시
락을 챙겨 갈 곳이 있다는 것은 얼마나 가슴 벅찬 일일까? 또 여기에
오면 조금이라도 좋아질 거라는 기대를 갖는 것은 얼마나 아름다운
희망인가?

　몸이 아픈 분들은 사색의 깊이가 다르다는 걸 자주 느낀다. 이분들
은 한마디 한마디가 진실되고 깊은 통찰이 배어 있다. 철학자요 문학

가들이다. 인터뷰를 마치면서 그녀는 다시 한번 내 가슴을 울렸다.

"자연에게 위로를 받게 될 줄은 몰랐어요. 죽음을 앞둔 암 환자가 자그마한 기대를 갖게 된다는 것이 사람을 이토록 행복하게 하는군요. 그래서 놀아도 여기서 놀자고 마음먹었어요. 자연의 위로를 받으면서요."

그녀는 절망의 끝에서 생명의 빛을 보았다. 그녀와의 인터뷰를 담은 영상 아래에는 이런 댓글이 달렸다.

'한 번 왔다가는 인생인데 참 선한 영향력을 주심에 고개가 절로 숙여집니다. 감사합니다. 언젠가는 대전 계족산 옆으로 이사 갈 계획이 있는 1인입니다.'

안락사하려던
반려견

황톳길에 자그마한 말티즈가 제 집 마당인 양 아장아장 편안하게 걷고 있었다. 나를 알아본 여성이 소프라노처럼 목소리가 올라가며 아주 반가워했다.

"아, 회장니임~ 정말 고맙습니다. 우리 몽실이가 이렇게 잘 걸어요."

"왜? 무슨 일 있어요? 건강한데?"

"○○병원 가서 물어보세요. 우리 애가 4월에 안락사 직전이었어요…."

그녀는 벌써 감정이 복받쳐 목이 멘 소리였다. 하지만 얼굴만큼은 환한 표정이었다.

"뇌수막염이었어요. 운동을 적게 하거나 많이 하면 혀가 말리면서 발작을 했어요. 동물병원에서 치료를 하다가 4월달에 안락사해야 한다고 했어요."

여기를 걸은 지 넉 달 가까이 된 것으로 보였다. 치료비가 몇 백만 원이나 들었는데 안락사해야 한다는 판정을 받았다. 해서, 약을 다 끊고 '너나 나나 여기라도 걸어보다가 안 되면 죽자', 하고 계족산을 찾아와 걸었다.

"나는 도저히 안락사를 못 시키겠다. 이렇게 살다가 자연스럽게 죽자. 이렇게 해서 같이 와서 맨발로 걷기 시작한 거예요."

가끔씩 반려견들이 황톳길을 걷고서 좋아졌다는 소리는 들었었다.

"믿거나 말거난데, 이렇게 잘 걸어요. 우리 식구들도 신기하대요."

주인이 "가자, 가자" 하고 앞서 가면 강아지가 가볍게 뛰어갔다. 내 눈으로 봐도 참 신기한 일이었다.

언제 그렇게 아팠는지 모르게 발걸음이 경쾌하고 보기 좋았다. 몽실이는 꼭 황토 위로만 걷는다 했다. 길에다가는 절대 실례하지 않고

맨발의 선물

똥오줌은 꼭 길 건너편 풀밭에 가서 눈다고 대견해했다.

"회장님은 대통령 하셔야 되애~. 국회의원도 아냐…. 대통령하셔야 돼, 꼭."

계족산엔 별일이 다 많다. 대통령 하라는 얘기는 이분한테 처음 들었다.

계족산은 강아지가 산책하기 좋은 길로도 유명해서 반려견들이 많이 온다. 한국인들이 가장 많이 기른다는 하얀 말티즈, 몽실이가 안락사 직전에 살아났다니 나도 기분이 업됐다.

"감사합니다, 회장니임~ 이렇게 살았어요."

몽실이랑 나란히 내려가면서 자꾸 뒤돌아보며 인사했다. 또 울먹이는 목소리였다.

"회장니임, 꼭 대통령하셔야 돼~!"

4. 병으로 고통받은 이들의 고백

맨발 걷기의
전과 후

지난해 KBS '생로병사의 비밀'에서 '맨발로 걸으면 생기는 일' 편을 방송했다. 대사질환과 비만 등으로 고민하는 40대, 50대, 60대 각 한 명씩을 4주간 추적, 관찰한 프로그램이었다.

결과는 놀라웠다. 참가자들은 혈압약을 10년째 복용 중이거나 고지혈과 콜레스테롤, 중성지방, 당뇨 수치가 정상 범위를 넘나드는 사람들이었는데 모두 개선된 결과를 얻었다. 특히 NK세포 활성도는 10배에서 30배 이상 늘어난 것으로 나타났다. 이 관찰을 통해서 맨발 걷기가 대사질환과 각종 성인병에 효과가 있고, 항암능력을 향상시켜준다는 검사 결과를 확인할 수 있었다.

사실, 계족산 황톳길에는 이러한 사례들이 셀 수 없을 정도로 많다.

이른 아침, 황톳길을 걷는 사람들은 절반 이상이 몸이 불편한 분들이다. 나도 특별한 일정이 없으면 늘 맨발 걷기를 한다. 걷다가 낯익은 분들을 만나면 나는 건강에 변화가 있는지 물어본다.

인터뷰한 사람 중에 특히 인상 깊었던 사람은 '안면 삼차신경통'을 앓고 있다는 50대였다. 그는 신경외과 의사였다. 나는 그런 병명을 처음 들어보았다. 안면에 분포하는 감각신경에 통증이 '번개처럼 왔다간다'고 표현했다. 본인이 아니고는 전혀 짐작할 수 없는 병증이었다.

두 차례 수술을 받았지만 큰 효과를 보지 못하고 두 번이나 재발했다. 결국 지푸라기라도 잡는 심정으로 선택한 것이 맨발 걷기였다. 이전엔 마라톤과 헬스, 골프를 했으나 몸에 무리가 가는 운동인데다가 통증이 재발해서 다 중단했다. 맨발로 걷는 게 가장 부담이 가지 않는 운동이라서 일주일에 3~4일씩 와서 꾸준히 하고 있다. 부부가 함께 4개월째 걷고 있는데 다행히 남편은 그후로 통증이 나타나지 않고 있다고 했다. 그리고 황톳길을 걸으면 마음이 편안해서 좋다고 했다.

부인은 논문 쓰느라 눈이 아프고 침침했는데 걷고 나서 눈이 맑아지고 좋아졌다. 이젠 신발 신고 걷는 게 싫어졌다며 웃었다.

"여기만 오면 피부도 맑아지고 사람도 착해지는 거 같고… 호호호, 자연에 감사하는 마음이 들어요. 그래서 저희는 올 때마다 '계족산아, 고마워!' 열 번씩 외치고 가요."

에코 힐링을 체감하며 자연의 고마움에 흠뻑 빠져 있는 부부였다.

135일째 걷고 있다는 80세 남성은 무릎과 허리 통증으로 오랫동안 고생한 분이다. 그는 통증을 가라앉히기 위해 2주일에 한 번씩 진통제를 맞고 약을 복용했다. 하지만 맨발 걷기를 시작한 지 5개월도 되지 않아 지금은 진통제를 맞지 않고 생활한다.

그는 맨발로 걷고 나서 열 가지가 좋아졌다고 한다. 오래 복용하던 수면제를 끊었으며 불편을 겪었던 배변 문제가 해결되었고, 현재 전립선 비대증 약을 먹고는 있지만 수치가 대폭 떨어졌다. 혈압도 160 이상이었으나 현재 140대로 낮아졌다.

77세 남성은 1년 전 폐암 진단을 받아 수술한 후 호전되었다고 한다. 그때부터 맨발 걷기로 건강을 지키기로 마음먹은 순간, 다시 방광암 4기 판정을 받았다. 하지만 그는 수술을 포기했다. 방광을 들어내는 수술을 하면 삶의 질이 크게 저하될 뿐 아니라 4기인 만큼 재발하지 않는다는 보장도 없기 때문이었다. 수술은 물론 투약까지 거절하고 나니 맨발 걷기밖에 떠오르는 게 없었다. 이후 그는 꾸준히 맨발로 걸었다.

1년여가 지난 지금은 일단 통증이 사라져서 살 만하다고 했다. 예전에는 자다가 7~8차례나 화장실 가느라 잠을 설쳤는데, 지금은 횟수가 1~2회로 줄었다. 앞으로 어떻게 될지는 알 수 없지만 맨발 걷기와 식이요법으로 버틸 생각이라고 했다.

경기도 이천에서 온 56세 여성은 폐암 3기다. 2년 반 동안 항암치료를 받아왔는데 계속되는 통증과 항암치료 부작용 때문에 거의 잠을 자지 못했다. 그런데 맨발로 걷고 나서 잠이 잘 오고 통증도 거의 사라졌다.

"이곳에 오면 신기하게 통증이 가라앉아요. 황톳길이 진통제 역할을 하는 것 같아요."

그런 이야기를 들을 때마다 나도 힘이 솟는다.

유방암 수술을 받은 1958년생 여성 환자도 호르몬 치료제를 복용하면서 근육에 엄청난 통증을 느꼈다. 그런데 황톳길을 맨발로 걸으면서 통증과 변비가 사라지고 잠도 잘 자게 되었다. 뿐만 아니라 림프 부종도 거의 사라졌다.

"집에만 있으면 나보다 가족들이 더 힘들어 해요. 암 환자를 옆에서 지켜봐야 하는 가족들 심정은 어떻겠어요? 차라리 나는 괜찮아요. 가족들에게 미안한 거죠. 그래서 날이 밝으면 무조건 밖으로 나

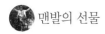 맨발의 선물

오려고 해요. 나한테는 집보다 여기가 천국이에요.”

이같은 경험담을 들어보면 맨발 걷기가 통증을 완화시키는 효과가 있는 것은 확실한 것 같다. 집 이상으로 좋은, 천국 같은 곳이라니 참 보람을 느낀다.

엄마 품에
안긴 듯한 기분

그동안 놀라운 치유 효과를 경험했던 이들 중에는 맨발 걷기를 지나치게 과신하는 바람에 낭패를 보는 사람도 있다. 이런 태도는 바람직하지 않다. 자칫 일시적인 효과를 완치로 오해할 수도 있다.

그런 환자를 만나면 나는 꼭 병원 치료를 병행해야 한다고 조언한다. 맨발 걷기는 건강을 관리하고 병을 치유하는 데 도움을 주는 한 가지 방법일 뿐, 그 자체는 치료 수단이 아니기 때문이다.

유방암 진단을 받고 4년이 지난 한 여성은 항암치료를 중단했다고 한다. 그 말을 듣고 내가 병원 치료도 받아야 한다고 말해주었다. 내 말에 그녀는 대수롭지 않게 답했다.

“병원에 가지 않아도 맨발 걷기를 하니까 더 나빠지지는 않아요. 제 아들이 통증의학을 전공한 의사인데, 아들도 병원에 갈 필요 없

다고 하더군요. 그냥 산에 가서 좋은 공기 마시면서 열심히 걸으라고
하네요."

아마 의사 아들이 보기에 어머니의 상태가 상당히 호전되었거나
거의 완치되었다고 판단했을 것이다. 그렇다면 아들의 권고를 따르
는 것도 좋아 보였다.

최근에는 11개월 전에 만났던 54세 유방암 환자를 다시 만났다.
그녀의 상태는 정말 호전되어 있었다. 인터뷰하는 내내 그녀의 목소
리에서 에너지가 느껴졌다.

"이곳에 올 때마다 엄마 품에 안기는 것 같은 기분이에요. 제가 얼
마 전에 발가락을 다쳐서 골절 수술을 했어요. 그래서 석 달 정도 황
톳길을 걷지 못했죠. 여기를 오지 못하고 집안에만 처박혀 있으니 언
니들이 그러더군요. 겨울이라 다행이라고, 봄에 그랬으면 얼마나 답
답했겠냐고요. 유방암 수술한 후부터 맨발 걷기를 시작했어요. 순식
간에 황톳길에 빠져들었죠. 방금 전에 엄마와 통화했는데 이제는 내
목소리가 완전히 달라졌다고 말씀하세요. 황톳길이 사람 하나 살린
거죠. 여기 올 때마다 발걸음이 가벼워요. 얼마 전엔 맨발로 가볍게
뛰기도 했어요. 그 기분은 말로 표현할 수가 없죠. 앞으로 뭐든 해낼
수 있다는 자신감도 생겼어요. 제가 처음 이곳에 왔을 때 많은 분들
이 황톳길을 열심히 걸으면 몸이 좋아질 거라고 말씀해 주셨죠. 이제

는 제가 그 이야기를 똑같이 하고 다닙니다. 6개월마다 암 추적검사를 하는데 지금은 아무 이상이 없다고 하더군요. 그러니까 정신도 맑아졌어요. 여기에 와서 열심히 걸으면 그까짓거, 아무 문제가 없다는 생각이 들더군요. 정말로 지금은 마음이 편안해요. 암환자들이 가장 무서워하는 게 전이거든요. 암 수술한 지 1년 가까이 되어 가는데 마음이 한결 가벼워요. 이곳에 오면 엄마 생각이 많이 나요. 그래서 수시로 전화를 하죠. 엄마한테 이곳을 설명하면서도 막 감동이 밀려오는 거예요. 자연을 보고 있으면 제 몸에 있는 세포 하나하나가 살아나는 것만 같아요. 그래서 저에게는 이곳이 엄마 품 같아요."

계족산 황톳길이 엄마 품 같다는 말은 내가 자주 사용하는 표현이기도 하다. 이 말을 이해하려면 반드시 이곳을 걸어보아야 한다.

전주에서 온 중년 여성은 남편이 대전에서 교육을 받는 김에 함께 따라 나섰다. 마침 아들이 대전에 거주하고 있어 숙소를 걱정하지 않아도 되었다. 예전에 황톳길을 방문했을 때의 느낌이 잊히지 않아 일부러 남편을 따라왔다고 한다. 처음 왔을 때는 모임에서 단체로 방문했는데 발가락 사이로 황토가 들어오는 느낌이 너무 좋았다. 그래서 직장 입사동기들을 데리고 다시 찾아왔다. 그때도 좋았지만 이번에는 여유롭게 사색하며 걷고 싶어 혼자 찾아왔다고 한다.

"너무 좋아요. 혼자 있으니까 생각할 여유도 있고요. 숲을 바라보며 10분 동안 멍하니 서 있었어요. 그냥 온몸을 열어놓고 숲의 향기를 맡는 거죠. 어떤 예술작품이 이보다 아름다울까요? 하지만 멀리 있으니 자주 오기가 쉽지 않네요."

"내가 아파서
다행이다"

강원도에서 온 노부부는 평소에 동해 바닷가에서 맨발 걷기를 했다. 지난해 눈이 침침해서 안과에 갔는데 수술하려면 5개월을 기다려야 한다는 말을 들었다. 병원에 동행한 아내도 함께 검사했는데 의사가 깜짝 놀라며 말했다.

"아버님보다 어머님을 먼저 수술해야 합니다. 거의 실명 상태예요."

그 말을 듣고 가슴이 철렁 내려앉았다. 그래서 아내를 먼저 수술해 달라고 요청한 후 해결책을 찾아 고민했다. 그러다가 우연히 유튜브 영상을 접하고 맨발 걷기를 시작했다. 병원에 갈 때만 해도 전봇대에 걸린 전선이 구불구불하게 보일 정도로 시력이 악화되어 있었다. 하지만 맨발 걷기를 꾸준히 하고 나서는 80~90% 정도 시력이 회복되었다. 당뇨도 심해 당 수치가 300~400까지 치솟았는데 최근 체크해보니 140 정도까지 내려갔다.

"하루에 2만 보를 매일 걸으니까 당 수치가 뚝뚝 떨어지더라고요."

안타깝게도 노부부의 아들은 3년 전에 후두암 진단을 받았다. 그래서 맨발 걷기를 하라고 그렇게 보챘는데도 말을 듣지 않는다고 아쉬워했다. 가족 중 한 사람의 건강이 좋지 않은 것도 우환이 깊은데 다른 가족까지 암에 걸리면 하늘이 내려앉는 기분일 것이다.

최근에 맨발 걷기를 시작한 후 시력이 회복되었다는 중년 부부를 만났다.

"저녁을 먹고 나서 갑자기 앞이 안 보였어요."

중년의 여성은 자신의 증상을 그렇게 표현했다. 병원에 갔더니 '망막동맥폐쇄'라는 병명을 알려주었다. 생소한 병이었다. 망막에 흐르는 혈류가 막혀 생기는 질환으로 흔히 '눈 중풍'으로 불린다. 가느다란 망막동맥에 혈전이 생기면 일어나는 증상으로 1만 명 중 한 명 꼴로 발병한다고 한다.

"눈에 커튼을 친 것처럼 앞이 어두웠어요. 머리에 중풍이 오면 수술을 하는데 망막에 중풍이 오면 수술할 수가 없다고 하더군요. CT 촬영을 해보니 눈에 이상이 있는 것이 아니라 시신경으로 이어지는 경동맥이 혈전으로 막힌 거였어요. 병원을 오가면서 남편이 계족산에 한 번 가보자고 하더군요. 천안에 사는데 남편 따라서 한 번 와봤죠. 그런데 그 이후로 계속 오게 되는 거예요."

두 달쯤 걸었을 때 효과가 나타나기 시작했다. 왼쪽 눈의 시력이 0.03에서 0.9로 좋아졌다.

"지금은 양쪽 시력이 1.2로 회복되었어요. CT 사진에 누렇게 나타나던 것이 붉은 색으로 바뀌었어요."

부부는 한껏 들뜬 목소리로 말을 이어갔다. 그러나 병이 한 번 치유되었다고 안심할 수는 없다.

계족산 황톳길에서 멀지 않은 곳에서 식당을 운영했다는 중년 여성은 두 번째 암을 견뎌내고 있었다. 처음에는 혈액암의 일종인 림프종 진단을 받았다. 면역을 담당하는 림프의 세포가 악성종양으로 변해 생기는 암이다. 위험성이 적은 림프종은 치료 없이 경과를 지켜보면서 특수한 경우가 아니면 수술하지 않는다고 한다.

그녀는 5년간 추적 관찰하면서 3개월마다 CT 촬영을 했는데 1년 6개월쯤 지나자 종양이 사라졌다는 얘기를 들었다. 그런데 최근 식당을 다른 곳으로 이전하면서 건강검진을 받았는데 폐에서 육종암이 발견되었다. 병원에서 폐 3분의 1을 잘라야 한다고 해서 어떻게 해야 할지 고민중이다.

육종암이 6개월 만에 간과 폐로 전이된 여성 환자는 또 있었다. 이 여성은 1년 전에 4기 육종암 판정을 받았다. 처음에는 신장과 유두에 6.6cm 정도의 종양이 발견되어 2년간 3개월마다 추적 검사를 했다.

당시에는 별다른 이상이 발견되지 않아 검사 주기를 3개월에서 6개월로 변경했다.

그런데 6개월 후에 검사했더니 종양이 간과 폐로 전이되어 4기에 접어들었다는 얘기를 들었다. 눈앞이 캄캄했다. 결국 수술을 포기하고 말았다.

"그래도 뇌출혈이 아니어서 감사하다는 생각이 들더군요. 아버지가 뇌출혈로 25년간 투병하다가 돌아가셨거든요. 인생의 마지막 시기를 고통스럽게 살다 가시는 모습을 곁에서 지켜보았죠. 거기에 비하면 암은 신사적인 병이에요. 다른 가족이 아니라 내가 걸려서 다행이라는 생각도 들었어요. 내 성격상 차라리 내가 아픈 게 낫지 다른 가족이 아픈 모습을 지켜볼 수가 없을 것 같아요."

그녀는 아직 희망을 잃지 않고 있다. 2023년 4월부터 거의 매일 맨발 걷기를 시작해 지난 1년간 황톳길을 걷고 또 걸었다.

"아침에 황톳길을 걷고 나면 몸이 개운해요. 그래서 눈을 뜨자마자 '얼른 갔다 와야지' 하는 생각부터 해요. 황토 위를 걸으면 생명력이 느껴지고 몸과 마음이 가벼워져요. 다행히 더 나빠지지는 않고 있어요. 그것만 해도 감사하죠."

긍정적인 마인드를 가진 환자였다. 긍정적이고 밝은 성격을 가진 사람은 병도 잘 이겨내는 것 같다.

5. 간절하면 이루어진다

살기 위해
걷는다

고생 끝에 낙이 온다는 말이 있지만 안타깝게도 그렇지 못한 사람도 있다. 고단한 삶의 무게를 내려놓고 행복한 삶을 시작해야 할 인생 후반기에 느닷없이 찾아오는 불청객이 바로 난치병이다.

"여태 고생하다가 이제 살 만하니까 웬 날벼락이지…"

삶의 여유를 누려도 좋을 나이에 불쑥 찾아오는 질병은 행복을 가로막는 가장 큰 장애물이다. 강연차 포항을 방문했다가 영일대해수욕장에서 맨발로 걷고 있는 사람들을 만났다. 그중에는 계족산 황톳길에서 열흘 동안 머물렀다는 남성도 있었다.

그는 담낭암 진단을 받고 림프절까지 전이되어 지난 2년간 70여 차례나 항암치료를 받았다. 계족산 근처에 머물던 2023년 11월에는 아침 일찍 황톳길을 걷기 시작하여 오후 서너 시가 되어야 산을 내려왔다고 한다. 이후에도 꾸준하게 맨발 걷기와 스트레칭을 하고 있다. 다음 달부터는 일반 항암치료는 하지 않아도 된다는 소식을 들었다. 의사는 이런 경우가 매우 드문 일이라고 했단다. 그는 나와 헤어지며 이런 말을 남겼다.

"다른 사람들은 건강을 위해 걷지만 저는 살기 위해 걷습니다."

자가면역 질환인 '쇼그렌증후군'을 앓는 중년 남성을 처음 만난 지 두 달 보름 만에 다시 황톳길에서 만났다. 이름도 생소한 쇼그렌증후군의 주요 증상은 입이 마르고 눈이 건조한 것이다. 그는 겉보기에도 혈색이 좋아졌고, 증세도 많이 호전된 것처럼 보였다.

또 다른 자가면역 질환을 앓는 환자는 침샘과 눈물샘이 파괴된데다 허리디스크 수술까지 했다. 수술 후 우울증과 공황장애로 고생을 많이 했는데 황톳길을 걷고 나서 감각이 되살아나기 시작했다고 한다.

'자율신경실조증'을 앓고 있는 여성 환자는 서울의 대형 병원을 모두 순례하고 이름난 한방병원까지 찾아갔다. 자율신경실조증은 교감신경과 부교감신경의 부조화로 인해 발생하는데, 땀이 나오지 않

는 무한증과 어지럼증이 대표적인 증상이다. 그녀는 심한 어지럼증 때문에 수시로 119 구급차에 실려 병원으로 향했다. 하지만 이렇다 할 치료 없이 매번 신경안정제를 투여한 후 귀가하는 게 전부였다고 한다. 그런데 6개월 동안 황톳길을 걸으면서 증세가 좋아졌다. 식욕 이 살아나고 대소변 조절도 쉬워졌다.

"많이 좋아진 정도가 아니라 완전히 치료된 느낌이에요. 무엇보다 여기에 오면 자연과 교감하는 느낌이 좋아요. 숲을 바라보고 걸으면 마음이 편안해요. 약은 부작용이 있지만 자연은 부작용을 주지 않잖 아요? 이 길을 걷고 나서 수면, 식사, 기분이 모두 달라졌어요. 삶의 질에 변화가 생긴 거죠. 정말 전 국민이 건강한 그날까지 맨발 걷기 가 널리 홍보되었으면 좋겠어요."

다시 만나는
기쁨

난치병을 앓는 환자들은 대개 이른 시간부터 산에 오른다. 황톳길 을 걸으면서 가장 기쁘고 보람을 느끼는 순간은 암으로 고생하다가 증상이 개선된 환자를 만나는 것이다. 벌써 안색이나 걸음걸이가 확 연히 달라져 많이 회복되었구나 하는 걸 한눈에 알아차릴 수 있다.

이런 분들은 대부분 자신의 휴대폰에 CT 사진을 보관하고 있다. 수시로 사진을 들여다보면서 건강을 지키겠다고 다짐하기 위해서인 듯하다.

최근 5개월 만에 만난 남성은 직장암 3기 진단을 받았다가 회복된 경우였다. 그는 2023년 12월 건강검진을 받다가 직장암을 발견했다고 한다. 그 길로 서울로 올라가 42일 동안 28차례 방사선 치료를 받았다. 병원에서 치료를 받는 동안 식습관을 바꾸었다. 그동안 즐기던 술을 끊고 육식 위주의 식습관도 채식 위주로 바꾸었다. 식단을 조절하면서 처음으로 맨발 걷기를 시작했다. 그랬더니 여러 수치들이 조금씩 호전되기 시작했다. 그는 휴대폰을 꺼내 CT 사진을 보여주었다.

"올해 촬영한 사진이에요. 여기가 암덩어리가 있던 곳이에요. 이젠 다 사라지고 흔적만 남아 있어요. 그래도 매일 맨발로 13킬로씩 걷습니다. 적게 걸으면 양이 차지 않아요."

계족산 걷는 남성 환자 중에는 전립선암 환자가 유독 많다. 전립선암은 최근 급격한 증가세를 보이고 있다. 2021년에 남성 암환자 중 발병률 1위를 기록했을 정도다. 전립선암을 체크하는 PSA 혈중 수치가 4ng/mL 이상이면 위험성이 있다고 판단한다.

여기서 만난 전립선암이나 전립선비대증 환자들은 맨발 걷기를

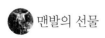

PART 3
맨발로 만난 사람들

시작한 후 대부분 수치가 낮아졌다고 말한다. 환자 중 한 사람은 3개월 단위로 진행하던 PSA 검사를 6개월 단위로 전환할 정도로 상태가 호전되었다. 전립선암 수술을 받은 또 다른 남성도 맨발 걷기를 한 후 수치가 거의 정상으로 호전되었다. 이후 부부가 함께 황톳길을 찾게 되었다고 한다.

얼마 전에는 2023년 12월에 처음 만났던 전립선암 환자를 다시 만났다. 처음 인터뷰할 당시 그는 전립선암 초기였다. 그런데 시간이 지나면서 주변의 뼈까지 전이되었다. 수술도 하기 어려워 약물치료만 해왔다고 한다. 환자로서 마땅히 할 게 없으니 맨발 걷기에 희망을 걸어보는 수밖에 없었다.

그런데 1개월 만에 CT 촬영을 해보니 뼈로 전이되었던 암세포가 많이 없어졌고, 3개월 뒤에는 더 많이 사라졌다. 그러면서 휴대폰에 저장해 두었던 사진을 내게 보여주었다. 언뜻 보아도 시꺼멓게 보이던 뼈들이 시간이 지날수록 하얀 색으로 변하는 모습이 선명하게 드러났다. 육안으로 보아도 그 변화를 알아차릴 수 있을 정도였다.

"의사도 놀라는 눈치였어요. 컴퓨터 화면에 있는 사진을 휴대폰으로 찍어도 되느냐니까 의사가 자리를 비켜주면서 허락해 주더군요. 맨발 걷기 얘기를 했더니 계속 걸으라고 하더라고요."

그를 처음 만난 것이 지난해 겨울이었다. 맨발 걷기를 결심하고 왔

맨발의 선물

는데 날씨가 추워 망설여졌다고 한다. 그때 옆을 지나가던 어떤 여성이 용기를 주었다고 한다.

"10분만 걸어보라고 하더라고요. 그러면 차츰 괜찮아진다고. 황토 위에 살얼음이 살짝 끼었는데 정말 효과가 있을지 의심도 들었어요. 그때 함께 온 아내와 딸이 양말을 벗더니 함께 걷겠다는 거예요. 마음이 짠했어요. 그때부터 지금까지 열심히 이 길을 걷고 있어요."

힘차게 걸어가는 그의 뒷모습이 무척 활기차 보였다.

몸에게
미안하다

운동은 중독성이 있다. 습관화된 운동은 건강에 좋지만 지나치면 화를 부르기도 한다.

젊은 시절부터 테니스와 배드민턴을 즐기고 등산을 자주 다녔다는 77세 남성은 자신의 몸에 자부심을 가지고 있었다. 요즘에도 헬스장에서 개인 교습을 받을 정도로 운동에 열심이다. 그런데 최근에 몸에 이상 증세가 나타나기 시작했다. 잠을 잘 때 다리에 쥐가 나서 하룻밤에 서너 번씩 잠을 깬다는 것이었다.

"약을 먹기도 하고 물리치료도 해보았는데 효과가 없었어요. 그런데 맨발로 걷고 나서 달라졌죠. 오래되진 않았어요. 작년 11월에 걷기 시작해서 겨울에는 좀 쉬었죠. 요즘엔 일주일에 두세 번 정도 황톳길을 걸어요. 그런데 처음 이틀을 걸었을 때 바로 효과가 나타났어요. 종아리를 괴롭히던 쥐를 잡은 거예요. 그래서 올해는 매일 걸어보려고요."

이틀에 한 번씩은 꼭 황톳길을 찾는다는 71세 남성은 하루 세 시간씩 10킬로미터를 걷는다.

"나이는 들었지만 건강을 유지하기 위해 이 길을 걸어요. 건강이 무너지면 가정이 무너지죠. 우리 나이가 되면 한 군데 이상은 늘 아파요. 그래도 이 길을 걸으면 희망이 생깁니다. 이 황톳길은 희망을 갖게 해주는 길입니다."

자궁암 수술을 한 41세 여성은 그동안 몸을 돌보지 못한 것을 후회했다. 수술 후에 몸이 좋아지는 듯했으나 약에 내성이 생겨 지금은 다른 약을 찾고 있는 중이라고 했다.

"수술 후에 맨발 걷기를 시작했는데 컨디션 회복에 큰 도움이 되고 있어요. 지금은 암 4기인데 스스로 완치되었다고 믿으면서 걸어요. 황톳길을 걸으면서 인생을 돌아보게 되었어요. 그동안 내 몸을 너무 혹사했구나 싶은 생각이 들었죠. 몸에게 미안해요. 좀더 일찍 건강을 돌보지 않은 게 후회돼요. 늦었지만 이제부터 잘 해보려고요."

70대 남성 한 분은 평소 건강에는 자신이 있었는데 2021년 코로나 예방접종 후유증으로 큰 고통을 겪었다. 인지능력이 저하되더니 나중에는 걸음도 걷지 못했다. 사람을 알아보지 못할 정도로 기억력이 떨어지고, 몸의 오른쪽이 거의 마비되다시피 했다. 한 달 동안이나 밥을 먹지 못하자 다들 죽을 거라고 말했다.

다행히 병원에서 치료를 받고 나서 어느 정도 상태가 호전되었다. 그런데 날벼락 같은 소식이 날아들었다. 코로나 후유증을 치료하느라 다른 검사는 제대로 받지 못했는데 조직검사를 하고 나서 폐암 판정을 받았다. 그때부터 다시 항암치료가 시작되었다. 이젠 끝이구나 싶은 마음에 맨발 걷기를 시작했다.

"최근 병원에 갔더니 항암치료를 중단해도 될 만큼 건강이 좋아졌어요. 요즘엔 책도 읽을 정도로 인지능력도 정상으로 돌아왔고요."

황톳길에는 절박한 심정으로 황톳길을 찾았던 사람들의 기적적인 스토리가 넘쳐난다. 퇴행성 관절염을 맨발 걷기로 고쳤다는 사람이 있고, 채식주의자인 70대와 80대 노부부는 녹색이었던 변이 황금색으로 변했다고 자랑이다. 동맥경화로 인공혈관 삽입 수술을 한 82세 남성은 동맥경화가 거의 다 나았다고 한다. 춘천에서 온 부부는 아내가 부신에 생긴 혹을 제거하는 수술을 받았다. 수술 후 호르몬 분비에 문제가 생겨 '쿠싱증후군'이라는 판정을 받고 복강경 수술도 받았다. 이후 남편과 함께 맨발 걷기에 입문하여 지금은 빠른 회복을 보인다고 한다.

기적처럼 치유한 이야기들을 액면 그대로 받아들일 필요는 없다. 모든 스토리에는 개인의 감정이 섞여 있기 때문이다. 하지만 대중교통을 네 번이나 갈아타면서 날마다 오는 사람이 있는 것을 보면, 절박한 사람들에게는 황톳길 맨발 걷기가 마지막 남은 희망의 근거가 되고 있음이 분명하다.

PART 3
맨발로 만난 사람들

6. 인생의 마지막 순례길

집착 없는
희망

병명을 밝히지 않은 50대 여성은 114일째 맨발로 걷고 있다. 그런데 92일차부터 달라지는 느낌을 받았다고 한다. 새벽 두세 시 이후에나 겨우 잠이 들 만큼 불면증이 심했는데, 이젠 잠을 잘 자게 되었다.

꼭 병을 고치겠다는 것보다 마음의 평화를 얻고 싶어서 시작했는데, 운동화를 벗고 걷는 것부터 자유를 느낄 수 있어서 좋다고 했다.

"치열한 경쟁 속에 살다가 산에 와서 세상과 처음 사랑하게 되었어요. 자연은 나를 있는 그대로 받아주고 나를 위로해줘서 좋아요. 황톳길 풍광도 좋지만 그보다도 나를 포용해주어서 더 좋아요."

맨발의 선물

그래서 꼭 병을 이겨내야 한다는 집착을 내려놓고 걷고 있는데 어쩌면 나을 수도 있겠다는 생각도 든다고 했다.

"병도 축복이라고 생각해요. 병으로 인해 얻은 것도 많으니까요. 지금은 '집착 없는 희망'이 나를 지탱하고 있어요. 그래서 너무 감사해요."

나는 '집착 없는 희망'의 삶을 살고 있다는 말을 듣고 '아, 얼마나 인생을 깊이 성찰해야 저런 말을 할까?' 싶어 마음이 숙연해졌다.

이제 황톳길은 아프고 지친 이들의 친구가 되었다. 전국 각지의 맨발 걷기 모임과 산악회에서 정기적으로 황톳길을 찾고 있다. 새로 조성된 주차장에 관광버스가 몰려올 정도로 단체 방문객들도 많이 찾아오고 있다. 내가 가장 행복한 순간은 황톳길을 찾은 유치원 아이들이 선생님의 구령에 맞춰 걸어가거나 놀이터에서 황토를 밟으며 조잘거리는 소리를 듣는 것이다.

아토피와
헤어졌어요

황톳길에서 놀고 있는 엄마와 아기를 만났다. 물이 고인 웅덩이에서 첨벙거리며 놀고 있는 아기는 생후 20개월이라고 했다. 아토피 때문에 여러 병원을 찾아다녔어도 낫지 않아 고생했는데, 친정어머니가 어싱에 대해 알고 있어서 황톳길에 가보라는 권유를 받았다고 한다.

"뭔지 모르겠지만 좋아지고 있어요. 이젠 거의 매일 오죠."

엄마도 아기도 밝은 표정이었다.

"폐렴이 심해서 입원했는데 이틀 만에 조기퇴원 했어요. 똑같이 입원했던 아이는 더 심해졌는데 말이죠…."

아토피뿐만 아니라 폐렴에도 도움이 된 것 같다니 대단하다 싶었다. 아토피는 완치가 어려운데다가 가려움으로 잠을 못 잘 정도로 괴로운 질환인데 아기 피부에 흉터도 보이지 않고 표정이 밝았다.

아기가 내 캐리커처 조형물 쪽으로 달려가며 "아빠"라고 했다. 여기만 오면 내 얼굴을 보고 "아빠"라고 부른다며 엄마가 재미있어 했다.

"누구야?" 엄마가 묻자 아들은 망설이지도 않고 "아~빠!"라고 하며 캐리커처를 가리켰다.

깜찍하고 너무 재미있어서 내가 "아빠 아냐. 할아버지야~" 해도 아기는 또 "아~빠"라고 우기며 마냥 즐거운 표정이었다.

"그래, 아빠든 할아버지든 다 좋다. 여기 와서 아토피나 싹 낫거라!"

 맨발의 선물

함께 걷는
생명의 길

대전 외곽지역에 사는 72세 여성은 림프종으로 밥도 먹지 못하고 누워만 있었다. 2년간 항암치료를 해왔는데 얼마 전에 다시 재발했다고 한다. 집에 누워 있는 동안 요양보호사가 정기적으로 방문하여 집안 일을 도와주었다. 그 무렵 암에 좋다는 정보들을 검색하다가 맨발 걷기를 접하게 되었다. 무엇이든 해야 한다는 생각에 몸을 일으켜 밖으로 나왔다.

"처음 2~3일을 걸었는데도 몸이 달라지는 게 느껴졌어요. 희망이 생겼죠. 걷기 시작한 지 3개월 만에 세 시간까지 걷게 되었으니까요. 요즘 12킬로씩 걷습니다. 요양보호사가 깜짝 놀라요. 처음에는 10분 정도 걷는 것도 고통이었거든요. 저에게는 황톳길이 황금 길입니다."

맨발 걷기가 습관화된 사람들은 모두 맨발 걷기 전도사를 자처한다. 특히 맨발 걷기의 장점을 가까운 친지들에게 알리지 못해 안달이다. 그래서 가족이 한데 모여 황톳길을 걷는 것을 흔히 볼 수 있다.

어머니 추천을 받고 왔다는 젊은 부부가 있는가 하면, 나이 드신 부모님을 모시고 오는 자녀도 있다. 퇴근 후에 가족이 황톳길에서 만나 맨발 걷기를 한 후 외식을 하는 경우도 본다. 최근에는 황톳길을 찾는 20대 젊은이들이 부쩍 늘었다. 유튜브 영상을 보고 황톳길을 찾았다는 20대 청년은 친구들이 맨발 걷기의 진가를 알지 못하는 것을 무척 아쉬워했다

"친구들은 맨발로 걷는 저를 보고 미개하다고 해요. 뭘 모르고 하는 소리예요. 불면증이 있었는데 완전히 사라졌어요."

대전 사는 50대 여성은 맨발 걷기를 한 후 "친구들이 저를 보고 예뻐졌다고 난리예요"라며 자랑했다. 그녀는 맨발 걷기를 시작한 지 6년째인데 놀랍게도 멈췄던 생리가 다시 시작되었다고 했다.

자연은 병을 치유하기보다 병든 자의 마음을 치유한다. 자연에 안기는 것만으로도 우리는 더 건강해질 수 있다.

아픈 이들이
나에게 주는 위로

황톳길을 걷다 보면 체한 것처럼 마음이 답답해질 때도 있다. 그 시간에 늘 보이던 사람이 눈에 띄지 않을 때 문득 불안한 마음이 밀려온다. '혹시' 하는 마음에 자꾸만 주변을 돌아보게 된다.

맨발 걷기의 효능과 관계없이 황톳길이 내게 주는 의미는 '희망'이다. 끝내 병을 극복하고 살아날 것이라는 희망, 내일도 다시 만날 수

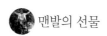

있으리라는 희망이 오늘의 아픔을 버티게 만드는 힘이다. 안타깝게도 어느 순간부터 눈에 보이지 않는 환자도 더러 있다. 그래서 어제 만났던 환자를 다시 만나면 그렇게 반가울 수가 없다.

조금이라도 건강이 호전된 분들을 만나면 온종일 기분이 좋다. 그래서 알고 지내는 분들을 만나면 현재 상태에 대해 한 마디라도 더 물어보려고 노력한다. 2020년 12월에 코로나에 감염되어 2주간 병원에 입원하여 산소호흡기로 연명했다는 남성은 죽음에서 생환했다고 했다. 면역력이 낮아진 상태에 검진을 받았는데 부정맥이 심각한 상태였다. 약이 듣지 않자 의사는 시술을 권했다. 성공률은 75%로 상당히 높은 편이었지만 수술하지 않고 자가치료를 결심했다. 최후의 수단으로 선택한 것이 맨발 걷기였다. 두 달 정도 걷고 있는데 조금씩 나아지는 기분이 든다고 한다.

'마지막 희망' 혹은 '최후의 수단'이라는 말을 들으면 코끝이 찡하다. 하지만 나는 '희망'이라는 말에 방점을 찍고 싶다. 절망에 빠져 있던 사람들이 희망을 갖게 된 것에 나는 위안을 얻는다. 황톳길을 사랑하는 사람이 늘어날수록 나도 힘이 솟는다.

서울이 고향이라는 어느 은퇴자는 전국을 다니며 일정기간 동안 그 지역에서 살아보는 중이다. 이미 제주에서 3년, 경주에서 3년을 살았고 이제 대전까지 왔다. 대전에서 생활한 지는 1년 정도 되었는데 이곳에서 계속 살겠다는 결심을 했다고 한다. 황톳길 때문이다. 평소 지병이 없어 콕 집어 말할 수는 없지만 몸이 좋아지는 것을 실감하고 있기 때문이다. 그는 큰 병원 옆에 사는 것보다 황톳길 옆에 살고 싶다고 했다.

인생의
순례길

두바이에서 13년째 살고 있다는 여성은 봄과 가을에 한 번씩, 1년에 두 차례 한국을 방문한다고 했다. 올봄에도 서울에 있는 친정을 방문했는데 인터넷으로 검색하다가 계족산 황톳길을 알게 되었다. 친구와 함께 대전으로 내려와 호텔에서 하룻밤을 묵고 아침 일찍 황톳길을 찾았다.

"몇 년 전에 자궁 수술을 했어요. 35일간 방사선 치료를 받았죠. 그때 굉장히 고통스러운 시간을 보냈어요. 맨발 걷기를 하려고 하니까 두바이에는 산이 없어요. 그래서 해변을 걷기 시작했죠. 이제 노후를 한국에서 보내려고 하는데 귀국할 때마다 살 만한 곳을 찾으려고 여행을 다니고 있어요."

우리 인생은 길에서 시작되어 길을 걷다가 결국 길에서 끝난다. 수

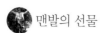
맨발의 선물

구초심首丘初心이라고 여우도 죽을 때는 제가 살던 굴 쪽으로 머리를 향한다는데 사람은 말할 것도 없다. 돌아갈 곳이 있다는 것은 얼마나 행복한 일인가!

황톳길을 '인생의 순례길'이라 부르는 사람도 있다. 이들에게 황톳길은 세상을 방랑하다가 끝내 돌아가야 할 고향 같은 곳이다.

2024년 6월에 업로드한 영상이다. 이 영상의 주인공은 맨발 걷기 5개월차인 71세 남성이다. 그에게 위기가 찾아온 것은 2020년 철거 작업 중 2만 8천 볼트 고압전류에 감전된 사고였다. 입원하여 1년여간 치료를 받았다. 고압 전류에 감전되어 살아남은 사람이 거의 없을 정도로 위험한 상황이었지만 가까스로 목숨을 건질 수 있었다.

그는 젊은 시절부터 운동을 열심히 해서 근육이 좋았다고 한다. 그런데 병원에 있으면서 근육이 많이 빠져나갔고, 신경쇠약으로 복용하던 약의 부작용으로 건강이 조금씩 악화되었다. 2023년에 감기 증상이 있었는데 갑자기 눈에 띌 정도로 살이 빠지기 시작했다. 그해 7월, 깜짝 놀라 병원에 가서 검사를 받았더니 뜻하지 않은 질환이 발견되었다. 급성 당뇨였다.

"당화혈색소 수치가 무려 11.4가 나왔어요. 최상위 단계의 당뇨였죠. 보통 6.5 이상이면 당뇨로 판정하잖아요. 의사가 깜짝 놀라더니 어떻게 약도 안 먹고 버텼냐고 묻더군요. 저는 전혀 몰랐다고 했어요. 나도 모르는 사이에 급성 당뇨가 찾아온 겁니다. 한 달 뒤 큰형님이 91세로 돌아가셨는데 8년간 요양원에 있었어요. 그런데 면회를 가보면 당뇨 때문에 발가락 열 개가 다 썩어가고 있는 거예요. 돌아가신 형님 생각이 났어요. 이대로 두면 큰일 나겠다 싶더군요. 그래서 집 주변에 있는 하상도로를 걷기 시작했어요. 그때 수원에 살고 있는 작은형님이 연락을 하셨어요. 대전에는 우리나라에서 가장 좋은 황톳길이 있는데 왜 안 가느냐고 핀잔을 주시는 거예요. 그러면서 지인 한 분을 소개해줬어요. 언젠가 세 사람이 저녁식사를 함께하게 했는데 또 역정을 내시더라고요."

작은형님이 소개한 지인 역시 수원에 살고 있었다. 그 지인은 부부가 함께 지병을 앓고 있었는데 얼마 전 대전으로 내려와 방까지 얻어놓고 6개월 동안 계족산 황톳길을 걸었다고 한다. 지금은 지병이 모두 완치되어 수원으로 돌아왔다고 했다.

또 후배 한 사람도 소개해주었는데 온갖 질환에 시달리는 바람에 스스로를 '종합병원'이라고 불렀다. 그는 일주일에 한 번씩 황톳길을 걷는데 올 때마다 일곱 시간씩 걷는다. 그러면서 그동안 몸에 달고 살아왔던 병들이 거의 사라졌다고 했다. 그 말을 듣고 나서야 그는 황톳길을 걷기 시작했다.

"2024년 2월에 처음 맨발 걷기를 시작했어요. 날씨가 추워서 발

이 깨질 것 같더군요. 그땐 워낙 절박했으니까 양말 밑에 구멍을 뚫고 걸었죠. 매일 2만 보 이상 걸었습니다. 그런데 딱 3개월 걷고 나니까 당뇨 수치가 정상으로 돌아오더군요. 11.4까지 치솟았던 당화혈색소 수치가 정상 범위인 5.8로 내려왔고, 260이었던 공복 혈당도 100~115로 회복되었어요. 작은형님이 고마워요."

사람들은 이곳을 '생명의 길, 희망의 길, 젊음을 돌려주는 길, 에너지를 충전시켜 주는 길'이라 부른다. 모든 별칭이 다 마음에 들지만 '나를 돌아보게 하는 순례길'이 아주 적절한 표현이라는 생각이 든다.

PART 4

세상일을 미리 알려고 하지 마라

진정 위대한 모든 생각은 걷기에서 나온다.
— 니체

1. 아침이 기다려지는 삶

길이 건네는
마음의 위안

까까머리 시절부터 '인생이란 길 위에서 재미있게 잘 놀다가 떠나
는 것'이라는 생각을 가지고 있었다. 지금도 고향 친구들을 만나면
겉멋 부리고 다니던 사춘기 시절의 모습이 생생하게 떠오른다.

쥐뿔도 모르는 녀석들이 서로의 이름을 '김 중생' '이 중생' '조 중
생', 이렇게 불렀다. 각자의 성에다가 진흙 속 인생을 사는 가엾은 존
재를 뜻하는 불교용어 '중생衆生'을 갖다 붙인 이름이었다. '부질없는
세상, 뭐 있나?' 하는 시니컬한 냄새를 폴폴 풍기면서 끼리끼리 일종
의 동지의식 같은 걸 가지려고 그랬던 것 같다. 요즘도 만나면 장난

삼아 이 별명으로 서로를 부르기도 한다.

길은 나에게 운명 같은 것이라고 하겠다. 길은 나를 걷게 했고, 나를 달리게 했으며, 남들이 가지 않은 길로 이끌어주었다.

강연이나 유튜브에서 내 생각들을 툭 던져놓고서 멋쩍을 때가 있다. 그럴 때면 내가 "아, 이건 조웅래의 개똥철학입니다!" 하고 얼른 매듭을 짓고 다른 화제로 넘어간다. 내 유튜브 메뉴에 '런톡(RunTalk)'과 '개똥철학' 코너를 보면 그런 영상들이 주욱 올라가 있다.

런톡은 주로 대한민국 한바퀴를 뛰면서 만난 사람들과 대화하거나 나 혼자 뛰면서 보고 느낀 걸 얘기하는 내용들로 꾸며져 있다. 개똥철학은 살아온 과정에서 내가 터득한 지혜 같은 것들을 소개하고 있다. 그런데 그런 것들을 앞뒤 자르고 핵심만 전달하려다 보니 상당히 멋쩍은 경우가 생기곤 한다. 지극히 개인적인 경험이라서 유치하게 들릴 수도 있으나 나는 그 개똥철학에 '조웅래다운' 삶이 녹아 있다고 생각해 부끄럽거나 말거나 그냥 내 방식대로 풀어내는데, 내가 생각하기에도 좀 유별나거나 직설적이다 싶으면 '이건 조웅래의 개똥철학'이라고 둘러대는 것이다.

걷기를 하거나 달리기를 하면 정신활동에도 영향을 미친다. 머리는 맑아지고 생각은 더욱 또렷해지는 걸 느낀다. 특히 황톳길에서 신발을 벗고 맨발이 되면 나를 얽매고 있던 족쇄를 풀어버리고 자유인으로 걷는다는 느낌에 빠진다. 이러한 감정은 맨발로 걷는 이라면 누구나 얘기하는 공통점이기도 하다.

그래서 맨발 걷기는 자유롭게 사색하는 즐거움을 준다. 홀로 걸을 때 우리는 자신을 깊이 바라보고, 자신의 내면에 귀를 기울이게 된다. 그 생각을 좇다보면 마음이 자유로워진다. 마음을 비우는 과정이라고 말하면 더 좋겠다. 미련과 집착을 벗어버리는 그 순간의 여유와 해방감을 느낀다면 걷기의 진정한 기쁨을 아는 분이라고 하겠다.

일상에 매여 있다 보면 우리는 세상의 모든 것을 바라보되 제대로 보지 못하고, 주변에 귀를 기울이되 제대로 듣지 못한다. 그러나 길을 걸으면 가면을 벗어 던진 나 자신과 대면하는 기회를 만나게 된다. 그래서 길 위에 서면 누구나 철학자가 된다.

최고의 길은
처음 뛰는 길이다

나의 최우선 일과 중 하나는 운동이다. 더러는 운동 중독이다, 이렇게 말하기도 하는데 워낙 오래된 습관이라서 운동 없는 나는 생각할 수가 없다. 운동 중독은 건강뿐만 아니라 지친 일상을 풀어주고 생활의 활력을 얻게 하는 소중한 습관이기 때문에 나에게 있어서 운동은 유익한 중독이다.

나는 새벽마다 계족산 황톳길이나, 혹은 그날 일정이 안 맞으면 집 주변의 학교 운동장에 가서라도 10킬로미터 정도를 맨발로 걷고 달린다. 그래서 퍼뜩 머릿속에 떠오르는 것이 '내가 새벽 운동을 즐기는 게 아니라 내 발이 나의 지친 일상을 풀어주기 위해서 새벽을 기다리는 것은 아닌지 모르겠네?' 하는 재미있는 생각이 들곤 한다.

여러 기관과 직장, 학교 등지에서 나에게 강연 요청을 한다. 경찰청 간부 진급자 교육의 마지막 프로그램으로 하는 강연은 7년이나 연속으로 맡았던 적이 있을 만큼 인기가 있었다.

강연 활동은 나에게 있어 재미있게 사는 방법 중 하나다. 나는 강연에 갈 때마다 그 도시에 일찍 가서 혼자 10킬로미터 정도를 뛴다. 전혀 모르는 도시에서 뛴다는 것은 설레는 것도 있지만 약간의 염려나 두려움 같은 기분도 든다. 모르는 길을 뛰기 때문에 그런 감정들이 생기는 것이다.

그러나 처음 가는 길을 달리면 그 도시를 구경하면서 그 지역을 여행하는 즐거움이 아주 크다. 미지의 세상을 알아가는 즐거움이 나를 들뜨게 한다.

이 같은 습관은 해외여행이나 출장을 가서도 마찬가지다. 해외여행을 갔을 때는 그날의 공식일정이 시작되기 전 새벽에 운동을 나간

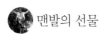

다. 낯선 도시를 달리면서 '아, 이 길이 어떻게 생겼을까? 여기를 돌면 무엇이 나올까?' 하는 설렘을 안고 달리면서 이국의 정취를 즐긴다. 그러다 간혹 길을 잃어버려 당황한 적도 있었다. 그러나 일찍 일어나 도시를 달리면 남들보다 더 많은 것을 보게 돼 다른 이들보다 여행을 덤으로 더한다는 기분이 든다.

미얀마로 출장을 갈 때는 주변에 조깅할 수 있는 공원이나 숲이 있는 호텔을 물색해본 뒤 예약한다. 미얀마는 상당히 더운 나라지만 이른 새벽에 숲이 있는 공원을 달리면 상쾌하다. 미얀마에는 도심 곳곳에 우거진 숲이 있어서 부러웠다. 그곳에도 나처럼 달리는 사람, 산책하는 사람들이 있었고, 여럿이 모여 요가하는 모습도 볼 수 있었다.

대한민국 한바퀴를 뛸 때도 코리아 둘레길을 참조했지만 새로운 길을 만들어서 전국을 돌았다. 또, 사업에서도 마찬가지로 남들이 가지 않은 길을 갔었다.

이러한 기질은 강연에서도 드러난다. 나는 강연할 때도 체면 같은 것은 염두에 두지 않는다. 고향 사투리를 그대로 쓰면서 유머 있게 소통하려고 노력한다.

어떤 사람은 그런 내 모습을 보고 순수한 소년 같다고 말한다. 글쎄, 그 말의 속내에는 철이 없다는 뜻도 조금 들어 있을지 모르겠다.

그러나 크게 신경 쓰지 않는다. 좀 철없고 뻔뻔(Fun Fun)해도 괜찮다. 내 방식대로 사는 것이 편하고 좋으니까.

새 길은 쉽지 않다. 처음 가는 길이라서 더 많은 땀을 흘려야 하고, 평범한 길보다 더 오래 걸린다. 하지만 처음 가는 길을 가면 성취가 더 크고 기쁨도 몇 배 더 크다. 그리고 무엇보다 세상을 바꾸는 계기가 된다.

처음 가는 길을 가겠다는 사람들은 열정으로 사는 사람들이다. 그래서 용암처럼 끓어오르는 열정으로 가슴이 뜨겁다. 하고 싶은 일이 있고, 그 일에 확신이 생기면 아침이 기다려진다.

나눔과
배려

자랑 같아서 쑥스러운데 소주회사 중에서 우리 선양처럼 많은 사람들에게 혜택이 돌아가는 사회공헌활동을 오래도록 지속하는 회사가 없다. 계족산의 '뻔뻔한 클래식'이 공연이 없는 겨울철에는 '찾아가는 힐링 음악회'로 전국을 누볐다. 문화적으로 소외된 계층이나 지역을 찾아다니며 수준 높은 공연을 보여주려는 의도였다.

거리가 멀어서, 시간이 없어서, 문화에 쓸 돈이 아까워 문화를 향

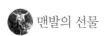
맨발의 선물

유하지 못하던 문화소외계층 사람들을 꾸준히 찾아다녔다. 교도소와 군부대, 사회복지시설, 서해안의 도서 지역 등이 그 대상이었다.

2013년 11월, 보령시 소재의 외딴 중학교 강당에서 열렸던 공연이 가장 기억에 남는다. 그 중학교는 전교생이 62명밖에 되지 않았다. 이날 공연은 교장 선생님이 황톳길을 방문했다가 야외무대에서 펼쳐지는 공연을 보고 SNS로 직접 요청해서 성사되었다.

공연이 있던 날, 스태프들은 깜짝 놀랐다. 남녀노소 할 것 없이 400여 명이 넘는 주민들이 객석에 빼곡히 앉아 있었기 때문이다. 작은 어촌마을 주민 대부분이 학교 강당으로 모인 것이다. 공연이 끝날 즈음 앙코르가 네 번이나 터지는 바람에 예정했던 공연시간을 한참 넘겨 막을 내릴 만큼 즐거운 무대였다.

연말에는 수학능력시험을 마친 고3 학생들과 학부모, 교사들을 위해 '힐링 멘토 프로그램'을 열었다. 2011년부터 시작된 이 프로그램은 나의 강연과 음악회를 결합하여 대전·세종·충청권에 있는 고등학교를 대상으로 진행되었다.

2016년에는 보령시 관내 외딴섬 주민들을 위해 '찾아가는 힐링 음악회'를 열었다. 보령항에서 가장 먼 거리의 외연도를 시작으로 호도, 삽시도, 장고도, 원산도와 같은 주민들을 찾아가는 공연이었다.

무대와 음향설비를 배에 싣고 다니면서 섬들을 찾아갔다. 관객들의 평균연령은 약 70세, 관객수가 80여 명이었다. 다들 평생 처음 보는 공연에 즐거워했다.

공연이 끝나자 어르신 한 분이 이런 말씀을 남겼다. "우리가 오래 살다보니까 우리 섬에서도 열린음악회를 다 하네." TV로나 보던 음악회를 현장에서 직접 본 추억은 두고두고 잊을 수 없을 것이다.

캄보디아 공연도 기억에 남는다. 시아누크빌 근처 오지 마을에 우물을 파고 집을 지어주는 봉사활동을 갔다가 엄마와 단둘이 사는 소녀를 만났다. 생활비 100달러를 건네자 끼니 걱정을 덜었다고 안도하는 소녀의 눈빛을 보고 나는 가슴이 뭉클했다. 극심한 가난 속에서도 해맑은 눈빛을 잃지 않은 어린이들이 꿈과 희망을 잃지 않기 바라는 마음에서 공연을 열어주어야겠다고 마음먹었다.

그 이듬해 나는 약속을 지켰다. 뻔뻔한 클래식 공연단과 함께 현지를 다시 찾아가 모기에 물어뜯기면서도 인근 3개 마을을 돌며 공연을 펼쳤다.

문화공연을 접한다는 건 평생 꿈도 꿀 수 없는 이들에게 아름다운 음악을 들려주는 것은 그들에게 감동과 행복을 선물하는 것과 같다. 문화적 혜택을 받지 못하는 국내외 소외계층에게 문화의 향기를 전하고 나누는 일은 언젠가 우리에게 또다른 선물로 되돌아올 것으로 믿는다.

맨발의 선물

나누고 배려하는 데에는 시간과 돈이 들어간다. 그렇지만 시간이 지나고 보면 시간과 돈을 단순히 베푼 것으로 끝나는 것이 아니고 그것이 쌓여서 다시 돌아온다는 걸 알았다. 선물을 주면 또 우리가 다시 선물을 받게 된다.

나누고 베푼다는 것은 결국 상대방의 마음을 헤아리는 것이다. 1 명을 배려하고 2명을 배려하고, 그것이 10명, 100명이 됐을 때 그 대중들이 무엇을 원할까? 그런 생각을 하고, 그 배려가 쌓이게 되면 무엇을 하든 큰 힘이 된다.

자신만 잘났다고 믿고 자기 혼자서 다 해내려고 하는 능력자는 어리석은 사람이다. 가장 큰 능력자는 주변에 자기를 도와주는 사람은 많은 법인데, 그것은 그가 주변에 베풀고 나누는 삶을 살았기에 그것이 다시 도움으로 돌아오는 것이다.

회사의 이미지가 좋아지는 것도 고객과 더불어 꾸준히 베풀고 나눔으로써 신뢰가 형성되는 것이고, 이런 것이 ESG 경영으로도 이어지는 것이다.

나는 셀카를 즐겨 찍는다. 황톳길에서 나를 알아보는 사람들 대부분은 함께 사진을 촬영하자고 요청한다. 일행 중 한 사람이 사진을 촬영해주는 경우도 많지만, 모든 사람이 프레임에 들어올 수 있도록 셀카를 촬영하는 경우도 많다. 그때마다 나는 휴대폰을 들고 사람들에게 외친다.

"자, 똥 누는 자세로 몸을 낮추세요. 나를 낮추어야 주변을 잘 담을 수 있는 겁니다!"

재미있으라고 하는 얘기지만 그 말에 배려가 들어 있다. 배려는 나를 낮추는 데서 시작된다. 나눔과 배려는 우리의 삶을 더 아름답게 가꾼다.

'찾아가는 힐링 음악회' 삽시도 공연(2016)

PART 4
세상일을 미리 알려고 하지 마라

2. '나'답게 살아갈 궁리

'조웅래답게'
사는 법

장동삼림욕장을 다니는 74번 버스는 40분 간격으로 운행된다. 이 버스를 놓치면 하는 수 없이 택시라도 타야 하는데, 불러도 잘 안 들어오는 경우가 있다. 택시 잡기도 쉽지 않다. 그럴 때면 나는 망설이지 않고 큰 도로까지 뛰어간다. 역시 달리기는 내 장기이니까….

내 휴대폰 케이스가 가죽이 까져 허옇게 드러나고 색이 바랜 것을 보고 우리 딸이 궁색해 보인다고 바꾸라고 한마디 한 적이 있다. 그래도 아랑곳하지 않고 낡은 케이스를 그대로 쓰고 있다.

가죽이 낡았지만 손안에 쏙 들어가 편하다. 휴대폰을 쥐고 뛸 때도

그립감이 좋아 딱이다. 이런 것들이 남 의식하지 않고 살아가는 '나다운' 삶의 방식이다.

대한민국 한바퀴를 뛸 때 통영에서의 일이었다. 길가엔 벚꽃들이 흐드러지게 피어 있었다. 바닷가를 끼고 가파른 언덕길을 힘겹게 달리고 있을 때였다. 할머니 한 분이 내가 안쓰러워 보였는지 "뭐 하십니까?" 하고 나에게 물었다.

새까맣게 탄 사람이 숨을 헐떡거리며 달려가는 모습이 영 애처로웠나 보았다. 내가 "대한민국 한바퀴를 마라톤으로 달리는 중입니다" 하니 그 할머니가 '참 별난 양반이군' 하는 표정으로 가엾게 쳐다보며 더 이상 말을 잇지 못했다.

나는 '조웅래다운 삶'을 사는 것인데도 인정해주지 않는다.

나는 '조웅래다운 인생'을 위해 즐기면서 뛰고 있는데 할머니 머리로는 전혀 이해하지 못하겠다는 표정이었다. 그러니까 사람들이 나를 '괴짜왕'이라고 부르는 건지도 모른다.

아주 비근한 예로 나는 남들이 다 하는 운전과 골프를 하지 못한다. 대전의 기관장이나 기업인들을 만나도 내가 골프를 못한다 그러면 말은 안해도 '별난 사람'으로 본다. 나를 평범하지 않은 특이한 사람으로 치부하는 것이다. 하지만 나는 그냥 걷고 뛰는 게 좋으니까 골프를 배울 생각을 하지 않았을 뿐 골프에 대한 이견이 있는 사람은 아니다.

운전도 무언가 마음이 혹해야 배우든지 하든지 할 텐데 영 흥미가 없었다. 운전을 못하는 대신 대중교통을 이용하는 게 편하다. 또, 술을 좋아하는 사람이니까 음주운전을 염려하지 않아서 또 좋다. 이런 것들이 모두 '나답게' 사는 모습이다.

얼마 전, 모자 하나를 선물로 받았다. 여행을 갔다가 문득 내 생각이 나서 구입했다는 모자는 색감이 무척 화려했다. 이 나이에 그런 패션 모자를 쓰고 다니는 사람은 거의 없을 것이다.

지인은 이상한 모자를 보는 순간, 가장 먼저 내 얼굴을 떠올렸다고 한다. 한 걸음 더 나아가 그는 희한한 디자인의 모자만 보면 내 생각이 난다고 했다.

'저 양반이 인물은 안 되지만 이런 희한한 모자를 쓰면 잘 어울리겠지.'

그가 어떤 생각을 했든 나는 전혀 서운하지 않다. 오히려 나는 희한한 모자를 볼 때마다 내 얼굴을 떠올린 그 지인이 고맙다. 그는 나의 아이덴티티가 무엇인지 잘 알고 있다. 딱 보면 떠오르는 이미지, 그것이 나의 정체성을 규정한다. 페도라 모자도 그 중 하나다.

대한민국 한바퀴를 뛰기 전이었다. 대전대 신입생들 대상으로 릴레이 강연을 한 적이 있었다. 강연 끝에 한 학생이 이런 질문을 했다.

"회장님이 살아온 것을 한마디로 말씀해주신다면 무엇이라고 하시겠느냐"는 예리한 질문이었다. 그때 나는 이렇게 얘기해주었다.

"내가 조웅래답게 살아갈 궁리를 참 게을리하지 않고 살았구나라고 얘기하겠습니다."

녹색 소주병
같은 삶

소비자들이 잘 모르는 사실이 하나 있다. 전국 소주회사에서 생산되는 소주의 병이 거의 다 녹색이라는 점이다. 제조사와 제품명이 달라도 병 모양이나 색깔이 똑같고, 병 어디에도 제조사 표기가 안 되어 있다.

이것은 자원재활용 때문에 그렇게 한다. 사용한 유리병을 수거해 오랜 시간 담가두면 라벨이 떨어져 나간다. 그러면 병을 잘 세척한 다음 재활용하는 것이다. 그러니 이 병이 어느 회사가 만든 병인지 구분할 수가 없다.

나는 대학생이나 청년들에게 강연할 때 이 점을 가지고 이야기한다. 상표가 떨어지면 어느 회사의 소주병인지 구분할 수 없는 것처럼 나를 찾을 수 없는 삶살아선 안 된다고 말한다. 즉, 나라는 사람의 정체성이 없는, '원 오브 뎀(one of them)'이 되지 말라는 얘기다. 언제든 다른 사람하고 대체되어도 아무 문제가 없는 사람이 원 오브 뎀이다. 누구와도 대체되지 않는 삶을 살라는 주문을 하는 것이다.

맛도, 겉모습도 획일화된 소주병 같은 인생에서 벗어나지 않으면 자신의 인생을 살 수 없다. 특히 대학에 진학하게 되는 고교생들이나 청년, 회사의 신입사원들에게 강조하는 말이 이것이다. 어디에 갖다 놓든 라벨만 바꾸면 똑같은 소주병이 되고 마는 영혼 없는 인생은 살지 말아야 한다고 말이다.

젊은이들은 바늘구멍 같은 취업 문을 뚫기 위해 조금이라도 나은 스펙을 쌓으려고 전력투구한다. 더구나 지방대 출신은 스펙 싸움에서 뒤처진 채 출발한다. 남들보다 좋은 점수는 일종의 상표 역할을 한다. 하지만 상표가 떨어지고 나면 한 사람의 존재는 입사서류 한 장으로 남을 뿐이다. 그 서류조차 이곳저곳을 떠돌다가 결국에는 무의미한 휴지 조각으로 버려진다.

이 얼마나 허무한 삶인가? 그래서 나는 젊은이들에게 청춘을 바쳐 추구하는 스펙에서 벗어나라고 조언한다. 그렇지 않으면 단 한 번 주어진 인생이 원 오브 뎀이 되고 만다. 있어도 그만, 없어도 그만인 존재로 살아간다는 것은 얼마나 불행한 일인가?

세상은 매우 불공정한 것 같지만, 기가 막히게 사람을 알아본다.

맨발의 선물

세상은 일렬로 줄 선 사람들 중에 맨 앞사람을 선택하는 것이 아니라 가장 도드라진 사람을 선택한다.

누구도 나를 대신할 수 없는 삶을 살고, 내가 가고자 하는 길이 다소 느리고 어렵고 힘들더라도 나만의 무언가를 찾아야 한다.

소주회사의 20년 전통,
통과의례

'면수습 마라톤'이라고 선양소주의 20년 넘는 전통이 있다. 인턴사원의 앞 글자 '인턴'을 떼려면 최종 관문으로 10킬로미터 마라톤을 완주해야 하는 통과의례다. 그런데 20여 년 동안 여기서 탈락한 사람은 단 한 명도 없다. 전부 합격해서 정사원이 되었다.

이 마라톤엔 나도 같이 뛴다. 임원과 지점장, 팀장들도 인턴사원들을 응원하기 위해 함께 뛴다. 면수습 마라톤은 수시로 열리는데, 올해는 10월까지 세 차례가 있었다.

이 마라톤을 왜 하는가? 여기에는 세 가지 키가 있다.

첫째는 준비이다. 아무리 젊다 하더라도 준비하지 않으면 힘들게 뛰는 게 마라톤이다.

둘째는 완주 후의 성취감이다. 땀 흘려 목표를 이루었을 때의 그

감격은 참으로 소중한 것이다.

셋째는 연대의식이다. 수습사원이든 임직원이든 면수습 마라톤의 목표는 완주다. 회사에도 목표가 있는데 그 경영 목표를 달성하기 위해서도 모두가 한몸이 되어 뛰어야 목표가 실현되는 것이다. 이렇듯 공동의 목표를 향해 모두가 한덩어리가 되는 것이 연대의식이다.

행사가 끝나면 전원 식당으로 이동해 수습사원들은 사령장을 받고 정직원이 된다. 다음 순서는 꽃다발을 받고 각자 소감을 발표하는 자리다. 이렇게 뛰어보니 새벽운동을 생활화해야겠다라든지, 회사 임원들과 함께 계급장 떼고 같이 뛴다는 데서 연대의식을 느꼈다 등등의 소감을 허심탄회하게 털어놓는다.

면수습 마라톤을 뛰면서 나는 직원들하고 달리면서 내가 묻는다. "연습 좀 했노?" 그러면 인턴사원이 "못했어요. 오늘이 처음이에요."

솔직한 것도 좋고 젊음을 믿고 무작정 뛰는 자세도 좋다. 하지만 10킬로미터가 그리 만만한 게 아니다. 나야 20년 넘게 마라톤으로 단련된 사람이지만 젊음만 믿고 처음 뛰는 사람은 한계에 부닥칠 수밖에 없다.

선두 그룹이 반환점을 돌아 달리다보면 그때서야 반환점으로 가는 직원들을 만나게 된다. 그 순간 선두를 달리던 한 직원이 놀리는 말로 "야, 낙오자다!" 하고 부른다.

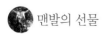 맨발의 선물

선양소주의 20년 통과의례인 면수습 마라톤(2024). 저자가 맨 앞줄에서 달린다.

PART 4

세상일을 미리 알려고 하지 마라

"까닥하면 낙오하겠어요."

그 친구는 힘겨운지 하소연한다. 그러면 내가 웃으면서 격려한다.

"아니다~ 좀 늦게 올 뿐이지 낙오는 아니다."

내 주위을 달리던 인턴들이 감동을 먹었다. 청춘들에게 낙오는 없다. 이 말에 같이 달리던 직원들이 "오오~" 하며 감동하며 나를 추켜세워준다.

그렇다. 앞길이 창창한 청춘들에게 낙오란 없다. 조금 늦거나 돌아서 갈 뿐이다.

맨발에서
맨몸으로

우리회사가 주최하는 '맨몸 마라톤'이 또 하나의 대전 명물이 됐다.

새해 첫날, 즉 1월 1일 11시 11분 11초에 엑스포다리에서 출발, 갑천변을 쳐 유림공원을 돌아오는 '럭키 세븐' 7킬로미터 코스를 웃통 벗고 땀 흘려 달리는 행사다.

산에서 맨발로 걷게 하더니 청포대 바다를 맨발로 달리고, 이제는 새해 첫날 웃통을 벗고 추위에 땀 흘리며 힘차게 새해를 맞이하고 있다.

 맨발의 선물

여담으로 "산에서 신발 벗기고 한겨울에 웃통도 벗기니까, 이제 나머지는 무엇이 남았노?" 하고 농담을 던지면 "아하!" 하고 다들 웃는다.

사람들은 새해가 되면 산과 바다로 해맞이를 가지 않는가? 그런데 이게 쉽지 않다. 멀리 이동해야 하고, 날이 흐리면 아쉽게 돌아서야 한다. 그렇다면 새해 첫날 웃통을 벗고 땀 흘리면서 시작해보면 어떻겠느냐는 이벤트를 만들었다.

출발시간은 새해 1월 1일 11시 11분 11초. 시작을 의미하는 '1' 자가 8개나 중복되는 시간에 출발신호가 울렸다. 구간은 행운을 뜻하는 '7' 킬로미터.

그리고 각자의 신년 소망을 보디 페인팅으로 그려넣는다. 계족산 맨발축제나 맨몸 마라톤이나 가족단위 참가자들이 많다. 2018년에는 남자아이가 웃통을 벗고 7킬로미터를 뛰어서 굉장히 자랑스러워 했다. 하도 기특해서 이듬해에는 만5세부터 12세까지 완주 어린이들한테는 세뱃돈 3만 원씩을 나누어 주었는데, '너무 과하다'는 의견이 있어 취소했다.

가족 단위로 온 사람들 중에는 유모차를 밀고 달리는 사람도 있고, 초등학생들도 많이 참여했다. 특히 젊은이들의 참여가 두드러지고 있다.

PART 4
세상일을 미리 알려고 하지 마라

해마다 참가자 수가 증가하자 국내외 언론에서 앞다투어 소개했다. 청년들, 부모와 어린이들까지 참석이 확대되면서 떡국도 주고 새해 공연도 펼쳤다. 어린이들이 힘차게 뛰는 모습을 보고 부모들이 굉장히 자랑스러워했다.

참가자가 많으니까 재미 있는 일들이 많다. 어떤 정치인은 맨몸에다 자신의 소망을 적고 사진만 찍은 다음 사라지기도 하고, 어린애가 힘들다고 보채면 엄마아빠들이 반환점 전 징검다리를 건거 일찍 결승선에 도달하는 일도 벌어진다. 이 행사는 마라톤 경기가 아니므로 그런 일들은 눈감아준다.

대전 엑스포광장에서 출발해 갑천변을 달리는 맨몸 마라톤은 이색적인 새해 행사로 자리를 잡았다. 새해를 힘차게 출발하자는 각오로 만든 이 대회는 국내외 언론에도 널리 소개되고 있다.

참석자들은 가족 단위와 청년층들이 많다.

PART 4

세상일을 미리 알려고 하지 마라

3. 가운데에 답이 있다

세상일을 미리
알려고 하지 마라

근래의 강연 주제는 '역발상에 길이 있다'이다. 대상이 누구냐에 따라 주제를 바꾸지만 역발상을 중점적으로 이야기한다.

최근 내가 졸업한 경북대에서 하는 '복현 아카데미'에 연사로 초청받았다. 이전에 경북대 IT대학 50주년 행사에 내가 졸업생 대표로 초청받아 강연한 적이 있었는데 그 반응이 좋았다고 재학생과 동문, 일반인을 대상으로 하는 공개강좌에 다시 초청받은 것이었다.

IT대학의 전신은 내가 공부한 전자공학과라서 졸업생 대표로 선정됐다는 것은 상당히 영광스러운 일이었다. 더욱이 학교 다닐 때 학사경고를 두 번씩이나 받은 적 있는 나를 명사로 불러주어서 감회가 남달랐다.

그날 주제가 '역발상에 길이 있다'였는데, 나의 학창시절을 이야기하면서 "학사경고를 두 번이나 받은 내가 오늘 이 자리에 서게 될 줄 누가 알았겠는가?"라고 얘기했다. 그러니 세상일을 미리 알려고 하지 말고 "바로 지금 최선을 다해서 한 걸음 한 걸음 내딛다보니 더 큰 걸음을 내딛게 되더라"라는 경험에서 우러나는 나의 인생관을 들려주었다.

한 치 앞을 모르는 게 인생이란 걸 살면 살수록 더 절감하게 된다.

돌아보니 내가 걸어온 길도 그랬다. 전자공학을 전공해 소프트웨어 엔지니어 하던 놈이 소주회사 할 줄은 전혀 몰랐고, 계족산 황톳길이 이렇게 유명해질 지도 몰랐다. 그리고 내가 60대에 느닷없이 대한민국 한바퀴를 뛸 줄도 몰랐다. 하나씩 하나씩 하다보니까 무엇이 만들어졌을 뿐이다.

그때그때 성공도 했지만 실패도 했다. 어쨌든 내가 살아온 건데 어찌할 것인가? 무엇 하나 추측하거나 기대한 적 없는 일들이 벌어졌을 뿐 내가 이런 인생을 살 줄 누가 알았으랴…. 참 오묘하고 신기하다.

맨발 걷기의 성지가 된 계족산 황톳길을 방문해본 사람들은 내게 선견지명이 있다고 말한다. 고마운 말이지만 내게 선견지명 같은 능력은 없다. 그 칭찬은 결과를 보고 난 뒤의 이야기다. 처음 황톳길을 만들 당시 나는 맨발 걷기가 요즘과 같이 거대한 트렌드가 될 것이라고 예견하지 못했다. 다만 언젠가 인간은 자연 치유의 소중한 가치를 깨닫게 되리라는 막연한 기대를 가진 것이 전부였다.

각본을 아무리 잘 써도 각본대로 흘러가지 않는 것이 인생이다. 우리 인생이 잘 짜인 시나리오대로 흘러간다면 사람들은 가만히 침대에 누워 황홀한 미래를 구상하는 데 몰두할 것이다. 인생은 발로 뛰는 것이다. 발로 뛰는 것이 현실이다.

발로 뛰는 과정에서 우리는 발을 헛디디기도 하고, 넘어지기도 하며, 때로는 엉뚱한 길로 잘못 들어설 수도 있다. 그래서 인생은 무수한 시행착오와 실패로 점철되어 있다.

나는 젊은이들을 만날 때마다 이렇게 말한다.

"인생 미리 알려고 하지 마라!"

기회를 포착해 나의 것으로 만들어내는 인생이란 어려운 일이다. 다만 순간순간을 축복이라 생각하는 것은 훌륭한 삶의 태도다. 크고 작은 인연은 따로 없다. 크고 작은 성공도 따로 없다. 작든 크든 내가 받아들이는 마음 자체가 작고 큼을 구분하게 된다.

세상일 미리 알려고 하지도 말자. 알려고 해도 알 수 없는 게 미래

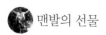

다. 지나온 길에 헛된 것도 없고, 현재도 미래도 오지 않은 것을 미리
걱정할 필요도 없다.

가운데에
답이 있더라

내가 경험해 보니까, 자기 확신이 부족하다거나 남이 잘 될 것 같
다고 하는 말을 듣고 시작한 일은 거의 다 낭패를 보았다. 어설프게
아는 것도 문제요, 어설프니까 반쯤 미치는 것으로도 부족하다. 자기
확신이 확고하면 느리고 어렵고 힘이 들더라도 제대로 미쳐서 일했
을 때만이 뭔가 되는 것이다.

은행서 대출받아 2천만 원으로 힘들게 창업했을 때, 소리 운세나
음악 서비스 사업을 할 때, 또 IT사업에서 소주사업으로 뛰어들었을
때, 이것저것 고려했다면 아무것도 하지 못했을 수도 있다. 핵심을
보아야지 나머지 곁가지들까지 놓고 여러 생각을 했다면 아무 일도
하지 못했다.

그리고 성공도 하고 여러 차례 실패를 경험했지마는 어떻게 다시
일어났는가… 이런 일들을 되돌아보면 그 가운데 핵심이 보였다.

서른세 살에 소리 운세를 창업하면서 곁가지는 고려하지 않았다.

전화가 집집마다 한 대씩 다 깔려서 전국에 2,000만 회선 이상이 깔리게 되었다는 사실이 중요했다. 그러니까 '아, 전화선이 많이 깔려 있으니까 아이디어만 좋으면 전화정보사업으로 돈을 벌 수 있겠구나' 하고 판단한 것이었다. 그것이 바로 핵심이다.

소주는 지역사업인데 대전에 아무 연고도 없고 주류산업에 경험도 없는 내가 어떻게 과감하게 업종전환을 할 수 있었는가? 소프트웨어 엔지니어를 하다 IT 업계에 몸담았던 사람이 소주회사를 인수한다? 핵심, 즉 가운데를 볼 줄 몰랐다면 감히 엄두도 내지 못했을 거다.

내가 대중을 상대로 하는 5425 소리 사업으로 성공했으니까 대중을 상대로 하는 소주 사업도 도전할 수 있겠다는 판단에서 선양소주를 인수한 것이다. 그때 결론을 내린 것이 둘 다 대중을 상대로 하는 사업이니 '소리나 술이나 똑같다', 이것이 핵심이다. 그리고 그 핵심이 자기 확신으로 연결되는 것이고, 자기 확신이 있으니까 제대로 미쳐서 일하게 되는 것이다.

19년째 황톳길에 큰돈을 쏟아붓고 있는 건 내가 맨발로 걸어보니 좋았고, 다른 사람들도 맨발로 걸어보니 좋아하더라, 이것이 핵심이다.

나는 요즘도 자꾸 일을 저지르고 싶다. 머리속에 늘 새로운 생각이

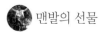

떠오르고, 재미 있는 일을 찾고, 더 늦기 전에 저질러보고 싶은 마음이 꿈틀거린다. 아마 천성적으로 타고난 기질이 아닌가 싶다.

창조는 본질적으로 불안에서 출발한다. 불확실성에서 출발한다. 미래에 보장되어 있는 것은 없다. 창조는 불확실성을 품고 있어야 창조의 과정이 짜릿하고, 그 결과는 흥미진진하다.

창조는 무에서 유를 만들어내는 게 아니다. 창조는 가까이 접할 수 있는 것에서 시작된다. 우리가 겪고 보고 듣는 것에 작은 변화를 주어도 창조가 일어난다.

창조는 가까이 있던 익숙한 것들을 달리 바라보는 것이다. 길가에 널려 있는 들꽃도 자세히 보면 시시각각 달리 보인다. 달리 보이는 것을 재빨리 캐치하여 새로운 아이디어로 다듬어내는 것이 창조다. 사업적인 마인드를 가진 사람은 여기에 대중이 필요로 하는 것을 접목시킨다. 산 위로 피아노를 올리겠다는 시도, 소주에 산소를 넣으면 더 좋겠다는 아이디어는 이러한 발상의 전환에서 비롯되었다.

또, 창조는 어려운 일이기보다 안해도 되는 일을 한 번 해보는 것이다. 알을 깨고 나오는 새가 하늘을 날 수 있듯이 틀에 갇혀 있으면 날개를 펼 수 없다.

새로운 일을 시작하려는 사람에게 나는 세 가지를 주문한다. 슬로(slow), 디테일(detail), 이모션(emotion)이다.

첫째, 슬로는 속도에 관한 것이다. 첫술에 배부를 수는 없다. 단박에 모든 것을 해치우려 덤비는 사람만큼 어리석은 사람은 없다. 단기간의 결과에 집착하지 말고 느리지만 꾸준한 템포로 밀고 나가야 한다. 삶에는 지름길이 없다. 자신에 대한 확고한 믿음을 가지고 긴 호흡으로 우직하게 밀고 나가야 좋은 성과를 거둘 수 있다.

둘째, 디테일은 현장에서 답을 찾는 것이다. 아무리 잘 준비된 프로젝트라도 사소한 디테일 때문에 망칠 수 있다. 답은 교과서에 있는 것이 아니라 현장에서 부딪히는 작고 사소한 일에 숨어 있다. 작은 것이 모여 큰 것을 만드는 것이다. 또한 창조적 발상은 현장을 누비는 발품에서 비롯된다. 발로 뛰며 직접 느끼지 못하면 문제를 해결할 수 없다.

셋째, 이모션은 대중의 머리에 호소하지 말고 가슴에 호소하라는 것이다. 복잡한 논리는 대중을 설득하지 못한다. 고객을 설득하려면 공감과 신뢰가 선행되어야 한다. 논리적으로 이성에 접근하기보다 상대방의 감정을 움직여야 공감을 얻을 수 있다.

괴물과
괴짜

아버지는 건강이 좋지 않아 고생하시다가 내가 열다섯 살 때 세상을 떠났다. 그후로 나는 집안의 가장 역할까지 해야 했다. 학교에서 돌아오면 열 마지기 농사를 어머니하고 내가 지었다.

밭에 뿌릴 거름을 만들려면 베어온 풀을 한곳에 모으고 그 위에 인분을 부어 한동안 썩혀야 했다. 나이가 지긋한 세대는 '똥장군'을 기억할 것이다. 똥장군은 변소에서 삭힌 똥을 담아 옮기는 용기다. 바가지로 똥을 퍼서 똥장군에 담고, 호리병 목처럼 생긴 작은 입구를 짚 뚜껑으로 닫아 오물이 흘러나오는 것을 막았다. 그런 다음 똥장군을 지게에 싣고 퇴비에 붓거나 논밭에 뿌렸다. 도와줄 사람이 없었기 때문에 나는 어린 나이에 똥장군을 지고 논밭을 오갔다.

그때부터 세상에는 나 혼자라는 생각이 들었다. 내 자신을 믿고 모든 일을 혼자서 해결해야 했다. 내가 악바리 근성을 가질 수밖에 없는 상황이었다.

여름엔 소쿠리를 가지고 나가 미꾸라지를 잡고, 가을엔 땔감을 하러 산을 쏘아다녔다. 집에서 소를 기르니까 학교에서 돌아오면 소를 끌고 나가 꼴을 먹이느라 공부는 뒷전이었다.

학창시절을 되돌아보면 나는 평범함과 일탈 사이에 놓인 줄을 아슬아슬하게 걸어왔던 것 같다. 하지 말라는 짓을 앞장서 하면서도 공부할 땐 눈썹까지 밀어붙일 정도로 독종이었다. 이런 악바리 근성은 척박한 환경에서 살아남기 위한 내 나름의 생존 방식이었다.

놀랍게도 담배는 초등학교 5학년 때부터 뻐끔거렸다. 지금은 사라졌지만 당시 고향에는 담배를 재배하는 농가가 많았다. 오늘날 이름난 H그룹 창업주가 고향에 지어 기부한 운동장에서 수확한 담뱃잎은 잘 건조한 후 옛 전매청에서 수매했는데, 수매가 끝난 공터에는 잎담배 부스러기가 널려 있곤 했다. 동네 형들은 공터에 널브러져 있는 잎담배를 모아 말아 피웠다. 동네 형들을 따라다니다 보니 담배가 뭔지도 모른 채 잎담배를 뻐끔거리게 되었다. 그후 35년간이나 담배를 피우다가 마라톤을 하면서 완전히 끊었다.

마산고에 진학하면서 함안에서 통학열차를 타고 마산으로 통학했는데 함께 통학하는 선배들 덕에 술을 배우기 시작했다. 아무튼 동네 나쁜 짓은 내가 다 도입한 셈이었다.

내가 괴물이 되지 않고 괴짜가 될 수 있었던 것은 적어도 사회에 해악을 끼치는 사람은 되지 않겠다고 결심했기 때문이다.

내가 괴물이 되지 않고 괴짜로 살아가 수 있었던 것은 나의 모든 것을 이해하고 포용해주었던 어머니가 존재했기 때문이다. 나는 '괴

짜'라는 말이 싫지 않다. '괴짜'라는 별명은 남과 다른 시각을 가지고 다른 생각, 다른 행동을 하기 때문에 붙은 것이라고 생각한다. 하물며 나는 그냥 괴짜가 아니라 '괴짜왕'이라는 별명이 붙었다. 나를 괴짜 중에 상 괴짜라고 보는 거다.

　학창시절의 일탈과 기행들이 결국 '조웅래답게' 살게 된 것이 아닌가 싶다.

4. 소주는 소주다

살아온 날,
살아갈 날

길 위에 서면 잡념 없이 달리기도 하지만 여러 생각들이 꼬리에 꼬리를 물고 이어질 때도 있다. 그래서 걷다보면 철학자처럼 사색이 깊어지는 것을 경험한다.

인생을 살아가면서 우리는 수없이 많은 고비를 겪는다. 한 고비를 넘으면 더 큰 고비가 기다리고 있다. 인생의 굴곡처럼 우리가 걸어가야 할 길은 휘어지고 패이고 높낮이의 낙차가 있으며, 때로는 끊겨 있기도 하다.

큰형님과 나는 스물한 살이나 차이가 난다. 그래서 큰형님은 나에게 부모님이나 다름없는 존재였다. 내가 태어났을 때 큰형님은 군에 입대한 상태였다고 한다. 어머니는 늦은 나이에 아이를 가진 것이 남사스러워 뱃속에 있던 나를 지우려고 독이 있는 약초를 달여 마시려고 마음먹은 적이 있었다고 한다.

내가 세상에 나온 뒤에도 언제 죽을지 몰라 호적에도 안 올리다가 그 사실을 안 큰형님의 친구가 군대로 편지를 써서 큰형님이 이름을 지어 보내는 바람에 호적에 이름을 올릴 수 있었다. 지금도 그 생각만 하면 콧등이 시큰하다.

언론과 인터뷰하거나 손님을 맞을 때, 그들이 항상 놀라는 것이 있다. 나의 독특한 차림새다. 사람들은 기업 경영자에 대한 선입견을 가지고 있다. 크고 넓은 사무실, 정장과 넥타이, 근엄한 표정의 오너. 사실 이런 이미지는 영화나 드라마를 통해 만들어진 것이다. 앞에서 잠시 모자 이야기를 했지만, 나는 평소 넥타이를 매거나 정장 차림을 하지 않는다.

60대 중반의 나이임에도 나는 밝은 원색의 남방에 청바지를 즐겨 입고, 남방 위에 화려한 색감의 재킷을 걸친다. 신발도 구두보다는 캐주얼화나 운동화를 주로 신는다. 영화에서 나오는 것처럼 비서가 내 뒤를 졸졸 따라다니지도 않는다. 단, 내가 운전을 못하기 때문에 직원 한 명이 운전기사 겸 비서 역할을 해주고는 있지만, 자동차 외에 같은 공간에 머무는 적은 거의 없다. 카페나 식당 같은 목적지에 도착하면 나는 자유롭게 혼자 움직인다.

격식 같은 것은 체질에 맞지 않고, 체면 같은 것에도 별로 신경 쓰지 않는다. 외국 출장을 갈 때도 비즈니스 좌석을 이용하지 않는다. 그 돈이면 황토 몇 트럭을 더 살 수 있어서다.

식당이나 카페에서 일하는 직원들은 물론 처음 보는 사람에게도 곧잘 말을 건넨다. 요리와 식도락을 좋아하기 때문에 마트에 가서도 직접 장을 본다. 먼 곳에서 손님이 찾아오면 먼저 단골 마트에 가서 도시락과 함께 먹을거리를 구입한다. 싱싱한 생선회도 빠지지 않는다. 생선회는 황톳길을 걷고 나서 손님과 함께 술 한 잔 마시며 먹을 안주거리다.

술은 좋아하는 편이다. 특별한 일이 없으면 거의 매일 술을 마신다. 서울에 가면 선양소주를 판매하는 식당이나 주점이 드물다. 내가 선양소주 회장이라는 사실을 알고 있는 단골집에는 선양소주가 준비되어 있지만 대부분은 예약할 때 미리 얘기해두어야 한다. 하지만 늘 예약된 식당에만 갈 수는 없기 때문에 선양소주를 차에 싣고 다닌다. 그런 경우에는 식당에 양해를 구하고 선양소주를 마신다.

가족이나 지인들은 내가 술을 좋아한다는 사실을 잘 알기 때문에 늘 내 건강을 염려한다. 다행히 운동을 꾸준히 해온 덕분에 술 마신

다음 날에도 그다지 힘이 들지 않고, 건강에도 별 이상이 없다. 그래서 나는 늘 건강한 몸을 주신 부모님께 감사하며 살고 있다.

웃음과 재미는 행복의 출발점이다. 웃음이 사라진 삶은 상상할 수 없다. 재미없는 일을 해야 하는 삶은 생각만 해도 끔찍하다. 남들과 똑같이 산다는 건 인생의 낭비다. 내가 젊은이들에게 늘 하는 말대로, 녹색 병 같은 인생 살지 말라는 게 나한테도 적용된다. 누구라도 나를 대신할 수 있는 삶이라면 비참하지 않을까?

하고 싶은 일이 있다면 일단 저질러야 한다. 부족한 게 있다면 조금씩 수정하고 채워가면 그만이다. 그것이 인생 아닌가.

1등기업과
일류기업

우리회사의 비전은 'Creative & Good Company'다. 창의적이면서 공익적인 가치를 지향하는 기업, 즉 항상 새로운 것을 추구하고 사회에 공헌하는 착한 기업으로 성장하자는 것이다. 그래서 나는 임직원들에게 공익적인 가치를 늘 강조한다. 최근 친환경, 사회적 책임, 투명경영을 강조하는 ESG 경영이 기업 경영의 화두가 되었다.

나는 우리회사가 1등기업은 못 되어도 일류기업을 만들 수 있다고 믿는다. 그러기 위해서는 우리만의 무엇이 있어야 한다. 그것은 두 가지로 요약할 수 있다.

첫 번째, 우리는 맛으로 승부할 수 있는 증류원액과 기술을 가지고 있다는 점이다.

두 번째, 전 세계에 보기 어려운 지속가능한 사회공헌 사례를 만들었다는 점이다.

한류 열풍으로 지금 소주가 글로벌 브랜드로 자라고 있다. 그래서 우리 회사 이름도 '선양소주'라고 했다. 우리가 소주를 제일 맛있게, 가장 잘 만든다는 신념을 가지고 있다.

특히 우리는 30년 이상 숙성한 쌀과 보리, 오크 증류원액을 무려 261만 리터를 보유하고 있다. 장기 숙성시켜 잘 브랜딩한 원액은 회사의 중요한 자산이다. 이것이 있기에 좋은 소주를 만들 수 있는 것이다.

세계에서 소주를 가장 잘 만드는 회사로 우뚝 서겠다는 목표는 서서히 제 모습을 드러내고 있다. 허언이 아니다. 지금은 그 첫걸음을 떼고 있을 뿐이다. 소주는 이제 우리나라만의 술이 아니다. 최근 전 세계에서 한류와 K-푸드가 유행하면서 소주도 한류문화의 중심이 되었다.

우리의 술 문화도 바뀌고 있다. 지금까지 내주는 대로, 섞어 마시

는 술이 아니다. 소주도 와인 도수까지 내려와 있다. 와인을 주는 대로 마시는 게 아니듯이 소주도 주는 대로 마시는 게 아니라 맛으로 먹어야 한다.

그동안 소주는 세련되지 않은 서민의 술이라는 이미지가 강했지만 지금은 아니다. K-드라마에 등장하는 장면들로 인해 소주는 가까운 사람들과 함께 부담 없이 마시고 즐기는 문화의 일부가 되었다.

선양소주가 추진하고 있는 세계 진출의 첫 교두보는 미얀마다. 미얀마도 아세안에서 한류 열풍이 강한 나라 중 하나다. 아직은 한국의 주류기업이 아세안 현지에 진출한 사례가 없다. 나는 소주가 아세안에서 한류 못지않은 인기를 끌 수 있을 것으로 기대하고 있다.

소수의 대기업이 시장을 독점하고 있는 국내 시장에서 1등기업이 되기는 어려울 것이다. 특히 지역에 기반한 소주회사가 막강한 자본력으로 시장을 지배하고 있는 대기업과의 경쟁에서 이기기는 어렵다. 그러나 일류기업이 될 수는 있다.

우리회사는 소주로 시작하여 50여 년 이상 소주를 생산해오고 있다. 본질을 보라는 것은 곧 초심으로 돌아가라는 계시처럼 느껴졌다. 소주회사는 제대로 된 소주를 만들어야 하고 우리회사는 세계에서 가장 좋은 소주를 제일 잘 만드는 회사가 되어야 한다. 그것이 나와 우리회사가 추구해야 할 본질이요 핵심이다.

몸이
답이다

나는 운동하면서 셀카를 찍어 자주 올린다. 아침 운동을 마치고 나서 옷도 맵시 있게 몹시 건방지게 출근한다. 젊은이들 못지않게 무엇이든지 할 수 있다는 자신감을 가지게 된다.

그래서 '몸이 답이다'를 강조하는 것이다. 내가 이 나이에 어디서 무엇을 찾겠는가?

나는 한 3년 전부터 유튜브 〈몸이 답이다〉를 활발하게 하고 있다. 그리고 페이스북, 인스타그램 등으로도 세상과 소통하고 있다. 계족산 황톳길에서 만나는 사람들, 대한민국 한바퀴를 뛰면서 보고 느꼈던 이야기들, 여기저기 강연에서 한 나의 인생 철학들… 많은 분들이 이런 영상들을 즐겨 보고 이웃들에게 공유하면서 유쾌하고 감동적인 댓글도 달아주고 있어 보람을 느끼고 있다.

친구들은 나를 '공공의 적'이라고 놀려댄다. 계족산에서 운동하는 내가 피부도 좋아지고 더 젊어 보여서 상대적으로 자신들이 더 늙어 보인다는 것이다.

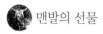 맨발의 선물

나이가 들면 몸이 아프거나 힘이 들 때 회복이 점점 느려진다. 그럴수록 운동량을 더 늘려야 한다는 것이 나의 건강철학이다. 얼굴이 맑고 표정이 밝아야 건강하다. 인물은 부모가 만들어주지만 인상은 내가 만든다.

나의 최우선 일과는 운동이고, 운도동량이 상당히 많다. 운동을 하는 이유는,

첫째, 먹는 것을 맛있게 먹기 위해서다.

둘째, 옷을 폼나게 입으려고 한다.

셋째, 나이를 먹으면서 표정이 맑고 밝아야겠다는 생각이다.

24년째 마라톤을 하고 있는데, 이는 내가 가장 잘한 것 중의 하나다. 몸이 안 따라주면 안 된다,

내가 세상과 소통하는 정신은 건강과 행복을 나누려는 데 있다. 그래서 '몸이 답이다'라는 캐치프레이즈를 걸고서 나와 내 주변의 이야기들을 전하고 있다. 마라톤을 한 지 25년이 다돼 가고 황톳길에서 걷고 뛴 것이 20년이 가까워온다. 게다가 대한민국 한바퀴를 13개월 동안 마라톤으로 완주했으니 내가 봐도 평범하지 않다. 괴짜 같은 사람이 맞다.

그렇지만 괴짜를 하다보니 이게 나 혼자만을 위해 해서는 안 된다는 생각이 들었다. 나로 인하여 누군가에게 기쁨을 주고 싶고, 나로

인하여 누군가가 새로운 나를 만나는 계기가 되기를 바라는 마음이 있다.

〈몸이 답이다〉가 나를 사랑하고 내 가족, 내 이웃을 사랑하는 샘터가 되기를, 부디 새로운 출발선이 되기를 빈다.

맨발의 선물

걸어가는 길, 이어가는 길

계족산에 황톳길을 만든 것이 2006년이었으니 제법 오래되었습니다. 맨발 걷기가 낯설던 시절, 거의 다 '미쳤다'고 말했지요.

제가 '한번 더 미쳐서' 한 일이 '맨발마라톤대회', '맨발축제'였고 숲속음악회 '뻔뻔한 클래식'이었어요. 여기에 '에코 힐링'이라는 신개념을 정립해 '자연치유' 이론을 세상에 알렸습니다. 세상을 한바탕 뒤집어 놓았지요. 맨발족들이 불길처럼 번져 나갔습니다.

이를 계기로 제가 맨발 걷기의 창시자, 개척자로서 많은 분들의 박수를 받고 있습니다. 계족산 황톳길은 온 국민의 사랑을 받는 맨발 걷기의 성지가 되었습니다.

여기서 운동하는 분들이 각자 이름을 붙입니다. 계족산 황톳길은 생명의 길이다, 희망의 길이다… 황금의 길, 인생 순례길, 간절함의 길, 감사의 길이다… 자연의 선물, 붙잡고 싶은 생명의 끈, 집착 없는 희망이다…. 마음 깊은 곳에서 우러나오는 진솔하고 간절한 감정을 느낄 수 있습니다. 황톳길에서 만난 사람들 얘기를 들으면 울컥할 때가 많습니다. 간절한 마음으로 걷는 분들이 많습니다. 이 황톳길은 어머니처럼 우리 모두를 안아줍니다. 자연은 우리 모두에게 무한한 선물을 안겨줍니다.

얼마전, 대전시 대덕구에서 주는 '명예구민" 상을 받았습니다. 10년 만에 수상자가 나올 정도로 귀중한 상입니다. 마이크를 주길래 이렇게 인사말을 했죠.

대전에 오면 유명한 게 두 가지 있다. 하나는 성심당이고, 또 하나는 계족산 황톳길이다. 그런데 사람들이 돌아갈 때 성심당 빵은 돈을 주고 사가고, 계족산 황톳길에서는 건강과 행복을 공짜로 얻어가더라. 더구나 발에 흙도 묻혀 가는데 그게 다 돈이다.

이랬더니 사람들이 배꼽을 잡고 웃으며 박수를 치시는 거예요.

맞습니다. 제가 계족산 황톳길 '작업반장'으로서 19년째 흙을 깔고 관리하고 있습니다.

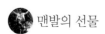 맨발의 선물

저는 이렇게 말합니다. "세상에 사람을 기분좋게 하는 것만큼 좋은 일은 없다." 계족산이 사람들에게 건강과 행복을 안겨주는 일은 참 기쁜 일입니다.

맨발이면 어떻고, 아니면 또 어떻습니까. 마음을 편안히 하고 숲속을 걸으면서 에코 힐링의 시간을 갖는 것만으로도 저는 기쁩니다.

돈으로 산 것은 시간이 흐르면 고물이 되고 맙니다. 물건은 사는 순간부터 고물이 되어가는 것이잖아요. 하지만 정신이 만든 문화는 보물입니다. 시간이 흐를수록 더 빛나는 보물입니다.

계족산 황톳길은 돈만 가지고 만든 길이 아닙니다. 자연이 준 선물에 정신을 불어넣고 문화를 입혀서 빚어낸 보물입니다. 따라서 시간이 흐르면 흐를수록 더 가치 있고 더 빛나는 보물로 남을 것이라고 봅니다.

얼마 전, 제 딸이 4살배기 아들 손을 잡고 이 황톳길을 맨발로 걸어가는 뒷모습을 보았습니다. 보는 순간, 가슴 벅찬 감동을 느꼈습니다.

아, 19년이란 세월이 흘러 이 길이 이렇게 대대손손 이어서 걸어가는 보물 같은 길이 되었구나! 연록색 잎새들 사이로 햇살이 따사롭게 내려오고 나의 딸이 엄마가 되어, 또 그 엄마가 어린 아들의 손을 잡고 저 푸르름 속으로 걸어가는 뒷모습…. 가슴 뭉클하고 뿌듯했습니다.

그렇지요! 맨발이 아니면 또 어떻습니까. 다함께 걸으면 되는 것이지요. 온 가족이 평화롭게 숲길을 걷는 것만으로도 저는 행복합니다.

아, 황톳길 만들었더니 대대로 이어가며 이렇게 걸어가는구나. 참 뿌듯했습니다.

이 길이 세세손손 대를 이어 걷는 희망의 길이 되면 기쁘겠습니다. 그렇게 되도록 저는 늘 한결같이 임할 것입니다. 제 선물을 고맙게 받아주신 여러분들께 인사드립니다.

PART 4
세상일을 미리 알려고 하지 마라

맨발의 선물

초판 1쇄 인쇄 2024년 10월 13일
초판 1쇄 발행 2024년 10월 17일

지은이 조웅래
펴낸이 정태욱
펴낸곳 여백출판사

총괄대표 김태윤
주간 신홍래
편집 김미선
디자인 굿베러베스트 안승철
마케팅 PAGE ONE 강용구

등록 2019년 11월 25일(제2019-000265호)
주소 경기도 고양시 덕양구 삼원로 73, 1213호
전화 031-966-5116
팩스 02-6442-2296
이메일 ybbook1812@naver.com

ISBN 979-11-90946-33-9 (03810)